U0666599

■ 译文纪实

COLLECTED ESSAYS

Fuchsia Dunlop

[英]扶霞·邓洛普 著   何雨珈 译

寻味东西

扶 霞 美 食 随 笔 集

上海译文出版社

推 荐 序

跟着扶霞吃东西

有次参加晚宴，邻座是位能讲中文的德国男士。他不仅可以熟练地使用筷箸、汤匙，甚至还会像中国食客一样，入乡随俗地用公筷给周围的人夹菜。主持人介绍，这位老兄是一家车企的中国区老总。

席间的话题自然离不开美食，"中国通"侃侃而谈，刀工火候、煎炒烹炸、四大菜系什么的，理论水平很高。我由衷地赞叹他"对中餐的了解程度几乎可以和扶霞相比了"。他先礼节性地接受了我的恭维，然后问我："您说的扶霞，是……?"我解释说，邓扶霞，是我们美食纪录片的顾问，写过好几本关于中餐的书，是一位英国作家。他更吃惊了："英国人，美食作家? 您是认真的吗?"

今天的世界充满各种各样的成见，所谓的"信息茧房"说的就是这个。尤其是在美食领域，什么人有资格谈论美食? 英国是不是一个"暗黑料理"的番邦? 这些可能都是让一些人亢奋的话题，但扶霞从来不care这些。

扶霞年轻时，不远万里来到东方求学，偶然的机缘，开始对中国饭菜产生兴趣。从学做菜入手，她逐渐积累，开始以烹饪技术及其背后文化的角度，向英语世界介绍中餐。一些中餐技巧，比如"熘"，比如"爆"，这些细微的差异，扶霞都能用准确的语言传达给自己的读者。当然，这些也都得益于她留学中国期间在四川高等烹饪技术专科学校的学习。

在历史上，我们一直用"东"和"西"来划分地球上的人口，所处的地理空间往往决定了我们的视野，再加上语言的障碍，要想真正做好沟通并不容易。就拿中菜的译名来说，有中餐厅把夫妻肺片注释成"husband and wife's lung slice"，童子鸡则是"chicken without sexual life"，确实让人哭笑不得。

我说扶霞是个非常好的翻译，不只在语言文字领域。对中文文本的理解，加上对英语接受环境的熟悉，使得中餐体验中一些很难用文字传导的感受，恰好被扶霞很精确地传达出来。

比如说，中餐的"清淡"很难用英文词汇形容，往往因为被翻译为"bland"（无味）和"insipid"（乏味）而少有人问津，导致中国食物油腻辛辣成了西方人的刻板印象。而在她的笔下，"清淡蔬菜"是对"油腻辣菜"的平衡，"清口小汤"是让一顿"简单肉蔬"多样化的绝佳帮手。因而"清淡"的存在，是中国人对多样餐饭的经营，更是对一种"平衡"境界的追求。这就不是认识意义上的事情了，它上升到了审美的层面。

同时，扶霞也是一位非常严肃的文化学者。在这本书里，她用轻松的笔墨写到了中国人离不开的酱油、风靡西方的左宗棠鸡和宫保鸡丁，既有趣又非常严谨，体现了她的专业素养。"最懂中餐的西方人"，这个称号绝对实至名归。

扶霞一直笔耕不辍，向西方世界介绍中餐，改变着那里的人们对中国的固有想象。在过去长达二十年的时间里，扶霞几乎一半时间在中国度过。她不断在这片广袤的国土上寻味，寻找那些能够体现文化多样性的饮食样本。扶霞捏着鼻子吃了很多"高格斗系数"（让西方人感到挑战和冒犯的）食物，渐渐发现了其中的美好，并且难以割舍。

她认为，在中国长期生活的经历，不仅是对她味蕾的"再教育"，也是思想上的脱胎换骨。用她自己的话来说，那就是终于"能对关于中餐的西方偏见说'不'"。比如对于中国人吃下水这件事情，传统西方人一直认为源于中国人生活的"贫穷和绝望",而扶霞认为这是"敬天惜物","更何况,这有多么美妙的口感"。

另一方面,扶霞的沟通是双向的。推介中餐的同时,她也在向中国餐饮同行展示世界美食的精彩。在书中我们可以看到,她不停地带着中国的饮食工作者去体验西方的主流饮食,与当地厨师进行交流互动,让双方增强了解。

这是搭建桥梁的工作。除了翻译,扶霞更像导游。她既可以如"仁慈的独裁者"一般,为朋友排一个细致周全的中餐菜单,也会在纽约中央车站的 Oyster Bar 爽爽地吃一顿生蚝(三年前我甚至按这个菜单原地原样复制了一次),这就是所谓的"吃贯东西"吧。

和扶霞认识不过五年,但在见面之前我就拜读过她的《鱼翅与花椒》,感觉在食物方面和她有很多一致的看法。生活里的扶霞是一个和善、开得起玩笑又有自嘲勇气的人,很多文章读起来都会让人哑然失笑。

在这本文集里,我最喜欢读的是扶霞自己生活的故事,尤其是那篇"希望靠抓住男人的胃来笼络他们的心"的文字。非常遗憾的是,老外的胃和心距离隔得太远,她不断尝试都没有成功。

扶霞的人生榜样是一本图画书里的小女孩泽拉达,她"让一个食人魔明白了这个世界上有比小孩更美味的东西,从而拯救了整个小镇"。最重要的是,泽拉达和食人魔结了婚,对方蓬乱的胡子下还有着一张英俊的面孔。但现实很骨感,她没有等到自己的"食人魔"。餐桌上相对无语的,或是素食主义者,或是美食感官系统和发达大脑无法连接之人。

如果你是一个热爱美食、热爱生活的人,那么扶霞的文字肯定是你的菜。如果你一日三餐味同嚼蜡,我觉得这本书不读也罢。

陈晓卿

二〇二二年三月

目 录

序
张嘴吃饭，敞开心扉

　　到加州纳帕谷的"法国洗衣房"（The French Laundry）美餐一顿是我的夙愿，毕竟，那里被公认为北美最高级的餐厅。传言要订到"洗衣房"里的一张桌子根本不可能。所以，当我找了关系终于搞定预订的时候，那感觉可谓欣喜若狂。然而，那是在 2004 年，在遥远的中国，大多数人都没见识过好吃的异域餐食。跟我去"洗衣房"的三位"饭友"是顶级川菜厨师，他们以前从未到过所谓的"西方"，对所谓的"西餐"也知之甚少。于是乎，我们四个都经历了一场叫人坐立不安的怪异晚餐（欲知详情，请参见本书《四川大厨在美国》一文）。

　　那晚的餐食，在我看来堪称美妙绝伦，三位川菜大师却认为有可指摘，比如没煮熟的羊肉，融化成乳脂状的东西，还有甜点竟然要上好几道，真叫人起腻。那是我第一次透过中国人的黑眼睛去看"西餐"：他们是头一遭见识，还要加上文化冲击，"杀伤力"倍增。我也真是大开眼界，永志不忘。我突然就明白了，自己所熟悉的食物，在外人看来是多么陌生而奇特；正如我的同胞们也会对海参、鸡爪等中国美食侧目，视为怪异。几乎全体欧美人都会认为"法国洗衣房"的餐食美味超凡，但他们的观点并非四海归一。大厨喻波当时说道："都很有趣，但我就是说不出来到底是好是坏：我没有资格来评判。"这话很是精辟，时至今日仍引起我的共鸣。

我在带有回忆录性质的美食札记《鱼翅与花椒》中写道，过去四分之一个世纪以来，我有幸在中国品尝到许许多多特别的食物。很久以前，我便立誓要"什么都吃"；西方世界有许多"什么能吃"和"什么不能吃"的偏见，我绝不会因此对食物望而却步。我明白，中国的饮食文化之博大精深，在全世界都是翘楚，其多样广博与精致成熟，更是无与伦比。我的理由很充分：在这样一个美食的国度，如果大家都视某种食物为珍馐佳肴，那一定也值得我好好关注。这种冒险精神得到了丰厚的回报。我品尝中餐，认识"生产"这些盘中美味的人们，也和中国朋友们分享美食，真乃人生乐事。了解得越多，我就越是着迷：中餐包罗万象，大厨们匠心独运、才华横溢地做出美味无比的餐食，这一直以来都叫我叹为观止。

　　文化壁垒挡不住誓撞南墙的我，我也因此品尝到很多不可思议的绝妙食物，其中的一些会被我的英伦同胞们视为离奇，甚至深感厌恶反胃。如今，我最喜欢的食物中，有些食材从文化视角看依然会被归入"怪异"的范畴，比如鱼肚和牛筋、鱼头和豆腐。我也陪着许多中国朋友进行了他们人生中头一遭在"西餐"世界的正经冒险。大家一起去伦敦、悉尼和都灵等地的餐厅吃饭，我见证了他们的第一反应，通常都是一言难尽，交织着欣赏与不安；这种种反应，从根本上改变了我对中餐与西餐两者的理解。如今的我，热爱用清淡的中餐汤品，搭配比较"干"的菜肴；比起沙拉，更喜欢吃炒的青菜；如果在美国的餐厅连续吃上几个星期，我通常会觉得那些食物太"上火"了。自己在家的话，我大部分时候都会做中餐来吃，也经常采取中国文化中的"食疗"之法应对自身的小病小痛。

　　都说出外旅行和学习外语可以"开眼界拓思想"，我的经历恰恰佐证了此言不虚。尽管我的重点一直是美食，但很多时候都在进行跨文化的饮食冒险，从那顿"法国洗衣房"的晚餐，到为外国人做导游在中国进行美食之旅，再到为绍兴的餐饮专家们安排"重口味"欧洲奶酪品尝会（详见本书《在中国吃奶酪》一文）。这些经历彻底改变了我的人生，不仅是对我味蕾的"再教育"，也是思想上的脱胎换骨，让我不仅能对关于中餐的西方偏见说"不"，也能从他者的视角看待自己的文化。

这些经历也一直提醒着我，憎恶与喜欢在很大程度上需要"相对而言"。我眼中的"习以为常"，在你看来可能"陌生怪异"，反之亦然；你谓之"发酵"，我视为"腐烂"；你食之"美味"，我感觉"恶心"。如此总总，不一而足。一涉及文化偏好，"正确"和"错误"的概念往往难以准确界定。英语里的老话说得好，"剥猫皮的办法不止一种"（there is more than one way to skin a cat），意即"条条大路通罗马"。我自然与芸芸众生一样，有个人好恶；但时至今日，内心深处也明白一个道理：这些好恶并不绝对。既然我一个英国女子能学着去享受绍兴的霉苋菜梗（详见本书《绍兴臭霉，又臭又美》一文），那么只要愿意，任何一个中国人也会循序渐进地爱上蓝纹奶酪。

我用英语写作，一直以来都努力为西方读者奉上关于中餐的新视角，并让他们由此对中国文化有个整体上的新认识。我致力于脱离自身的文化背景，摈弃各种先入为主的西方成见，以公平、全面与理性的方式来书写中国的饮食与烹饪传统，包括"吃狗肉"和"加味精"等有争议的话题。无论是西方人接触中餐，还是中国人接触西餐，都会产生障碍和困难，我努力地去理解双方，有时候为他们提出新的解决途径（本书的《中餐点菜，是门儿艺术》一文带你了解中餐的点菜要诀；《中式餐配酒》探讨了葡萄酒与中餐菜品的搭配问题）。

原本，我从未想过自己的作品会被翻译成中文，自己写的东西会被中国读者所熟知。2018 年，《鱼翅与花椒》中文版付梓，收获各种肯定，让我颇受鼓舞。听说很多中国读者觉得，在这个老外笔下，自己的饮食文化既令人惊奇又发人深省。我猜他们这种反应，有那么一点儿像在"法国洗衣房"和三位川菜厨师吃饭的我——各种既定的看法土崩瓦解，顿悟到如果立足点不同，整个世界的样貌都会发生巨大改变。

自古以来，西方人就对中餐有着许多可怕的刻板印象，传播最广（也是最荒唐）的，便是中餐的"廉价"、"怪异"和"不健康"。不过，中国人对西餐的诸多看法也颇为刻薄偏颇：他们通常会觉得西餐"简单"、"乏味"，除了三明治和汉堡包之外就没什么花样儿了。我希望自己的英文作品能够促使西方读者摒弃偏见，重新思考对中餐的态度；也希望它们被译者何雨珈翻译成中文后，能让中国读者以全新的视角去审视自己对所谓"西餐"的成见。

文化多样性能让我们都更为充盈丰富。生物多样性既让世界美妙无比，又是一种很有价值的资源；文化多样性也是如此，为我们提供多种多样的视角，让我们不断成长与发展。这种进步不仅体现在饮食上，也关乎我们与整个世界的关系。我相信，中餐为西方人提供了更为健康与可持续饮食的宝贵洞见。而从十六世纪辣椒由美洲出口以来，到如今在法式甜品中加入中国食材的时尚，中餐烹饪传统也因为西方的影响变得更为博大精深，从前如此，以后也一样。

往深了说，虽然世界之大，人们的饮食都不尽相同，但像"正确"与"错误"、"正常"与"奇怪"这样的概念，很少能下绝对的定论。想明白这个道理，其意义远超于单纯的美食。我从事写作，主题是食物，当然部分也是因为喜欢，以及个人所迷恋的东西：我就是纯粹地喜欢吃中餐、做中餐和思考中餐。但我的工作也将我带入两堵"偏见之墙"的中间地带——一堵墙是西方对中国的偏见，另一堵是中国对西方的偏见。我身处两堵墙之间，得以看清两种偏见都是根基不足、谬以千里。

当今世界，局势复杂，我们比以往任何时候都更需要努力去相互理解。食物，往往是我们接触某个异国文化的第一媒介，也是个完美的演武场，让偏颇的成见接受挑战，让各类差异接受试炼，并让我们尝试从新的途径去了解曾经视为陌生怪异的东西。因此，亲爱的中国读者们，我既希望你们能够喜欢本书中关于中餐与文化差异的种种思考，也邀请你们跟随我进入两堵墙之间的地带，试着品尝一下臭奶酪——嘴巴尝尝，思想也"尝尝"。

一如我既往被译介为中文的作品，本书依然由何雨珈承担翻译工作，在此我衷心感谢她贡献了出色的译笔；也感谢上海译文出版社优秀的编辑们，感谢在我将近三十年（天啊，不敢相信都三十年了！）中国美食冒险生涯中有幸相遇的良师益友们。

希望这本与美食相关的书也能成为大家的"精神食粮"（英语里有个短语叫"food for thought"）。

还有好话一句想奉送给各位，遗憾的是在英语里找不到合适的措辞，所以，送您一句法语：bon appetit（好胃口）！土耳其语：Afiyet Olsun（用餐愉快）！还有中文：慢慢儿吃！

扶 霞

随笔文章首次发表刊物及日期一览表

EAST WEST

Culture Shock — *Gourmet Magazine*，August 2005

The UK's Chinese food revolution — *Observer Food Monthly Magazine*，September 2019

Unsavoury characters — *Financial Times Weekend Magazine*，August 2008

The finest Chinese delicacies — duck's tongue, fish maw and chicken's feet — *Financial Times Weekend Magazine*，March 2019

Kung Fu chicken — *Lucky Peach Issue 22*，Spring 2017

London Town — *Lucky Peach Issue 5*，Fall 2012

The right way to order Chinese food：it's all in the balance — *Financial Times Weekend Magazine*，September 2019

How to drink wine with Chinese food this new year — *Financial Times Weekend Magazine*，January 2020

Global menu：Kicking up a stink — *Financial Times Weekend Magazine*，May 2011

China's artisanal food producers — *Financial Times Weekend Magazine*，2010

STRANGE TASTES

Spoon fed: how cutlery affects your food — *Financial Times Weekend Magazine*, May 2012

The stinky delights of Shaoxing — *Financial Times Weekend Magazine*, June 2012

Dick Soup — *Lucky Peach Issue 8*, April 2014

In Beijing, it's too hot for dog on the menu — *New York Times*, August 2008

Some like it raw — (unpublished)

HEART AND STOMACH

Dining alone at the Grand Central Oyster Bar — *Financial Times Weekend Magazine*, 2008

Best way to a man's heart? — *Financial Times Weekend Magazine*, 2007

Encounter with a gastro-nihilist — *Financial Times Weekend Magazine*, 2005

How to raise an omnivore — *Financial Times Weekend Magazine*, November 2018

FOOD HISTORY

The strange tale of General Tso's chicken — 'Authenticity in the Kitchen', Proceedings of the Oxford Symposium on Food and Cookery, 2005

A taste of antiquity: what's it like to eat 2,500-year-old food? — *Financial Times Weekend Magazine*, August 2020

The food of Taiwan — *Gourmet Magazine*, 2005

The rise (and potential fall) of soy sauce — *Saveur Magazine*, September 2016

Kung pao chicken's legacy, from the Qing Dynasty to Panda Express — *Los Angeles Times*, November 2019

Eating in North Korea: 'We were being fed a story' — *Financial Times Weekend Magazine*, September 2017

第一部分

吃东吃西

四川大厨在美国

（发表于《美食杂志》，2005 年 8 月刊）

寒冷的秋夜，我们坐在露台上，沐浴在从窗户那边溢出的暖光之中。用"兴奋"来形容我此刻的心情都是轻描淡写了。我之所以怀着如此强烈的期待，一是因为这是我第一次来"法国洗衣房"，这家餐厅位于加州的杨特维尔（Yountville），是大厨托马斯·凯勒（Thomas Keller）的高级料理殿堂①，我迫不及待地想品鉴看看它是否不负盛名。不过，还有更重要的原因：我今晚的"餐友"是三位杰出的大厨，他们来自四川，那是中国美食的集大成之地。肖见明，四川省会成都"飘香老牌川菜馆"总厨，曾为中外国家元首掌勺。喻波，经营着著名的"喻家厨房"，他对四川美食传统进行了大胆的传承改进，也因此闻名。兰桂均，堪称"面条宗师"，拥有一家"乡厨子酒楼"。这三人都是第一次来到西方国家，从前也没有真正接触过中国概念里的"西餐"，所以，我除了自己对这顿饭抱有期待之外，也很想看看他们的反应。

在驱车经过 29 号高速前往餐厅的路上，我想给客人们做点"餐前心理准备"，就随口一说："你们很幸运哦，因为我们要去全世界最棒的餐厅之一。"

"全世界?"兰桂均表示质疑，"谁封的?"

这个疑问对接下来发生的事情做出了清晰的预示。

就我个人而言，这顿饭是超出预期的——餐厅装修低调奢华，服务礼貌亲切，当然还有我为在座的大家点的"主厨亲点"菜单，一共十四道菜。像"牡蛎珍珠"这样的特点佳肴和我想象的一样精彩。油煎红鲷鱼片，搭配酸甜橙和"融化"菊苣，堪称琴瑟和鸣，实乃天作之合。这一盘盘食物中真真蕴含着诗意：崇高享受，引人入胜。

然而，在我自己渐入佳境地享受着这顿叫人完全心满意足的晚餐时，却不得不注意到"餐友"们与我的体验感受大相径庭。三人中最有冒险精神的喻波，下定决心要尽情品味每一口，并仔细研究这顿饭的排布和构成。他全神贯注，神情庄重。但另外两位只是在强撑。我崩溃而清晰地意识到，对他们每一位来说，这都是一次千困万难、十分陌生又极具挑战的经历。

我们开始用中文谈论这顿饭。他们解释说，第一道菜中"萨芭雍"（sabayon）的那种奶油感不太对他们的胃口。还有叫人惊讶的一点：即便重味重盐的腌制菜在中餐里占据着重要的一席之地，他们还是受不了搭配龙虾的腌渍尼斯橄榄，觉得味道太浓烈。"吃着像中药一样"，三人意见一致。

我在这一餐品尝到了美食生涯中最完美的羊肉，但他们三人却觉得太生，生得令人震惊。（"太不安全了，"肖见明碰也不碰，"非常不健康。"）一系列美味的甜点在他们看来有点"无事包金"②，毕竟在他们的饮食文化中，甜食并没有那么重要。（但奇怪的是，他们唯一吃得津津有味的一道菜，是椰子雪芭。）巨大的白色餐盘上只放了一人份的少量食物，这样的摆盘方式也叫他们困惑不已。这顿饭采用了"俄

---

① 托马斯·凯勒，美国大厨，多次被评为美国最佳厨师。他最知名的餐厅就是位于加州的"法国洗衣房"，该餐厅多次获得国际大奖，从2005年至今一直保持着米其林三星。——译者。除《左宗棠鸡奇谈》一篇外，本书所有注释，若无特殊说明，均为译者注。
② 四川方言，意为"没事找事"。

式上菜法"①，时间较长，也让他们觉得太过难挨，仿佛永无止境。

这顿饭让我颇感震撼的是，在某种抽象的层面上，托马斯·凯勒的菜竟与最精致的中餐有着很多共同之处，比如上等的食材原料，包含其中的非凡智慧与匠心独运，以及在微妙之处注重味道、口感与色彩的和谐共鸣。然而，这一切饮食理念的实体表达，也就是我们面前这一道道菜品，却像是来自另一个世界。

"这个我该咋个吃呢?"喻波问道。那道叫我吃得欲仙欲死的红鲷鱼，却让他烦恼疑惑。他那摸不着头脑的样子，恰如一个西方人面对人生的第一碗鱼翅汤、第一盘海参或第一份炒鸭舌。我常在中国看到这样的情景，但这还是我第一次站在另一边的角度去见证刚好相反的情况。

三位大厨并没有很多西方人在中国那样的傲慢，死守着自己的偏见不放。兰桂均承认："只是因为我们不懂，就像语言不通。"喻波甚至更为谦虚，"都很有趣，"他说，"但我就是说不出来到底是好是坏：我没有资格来评判。"

作为一个菜系，川菜成熟精致，可与法餐媲美；因其风味多样，在中国颇负奇名。然而，根据兰桂均的观察，在西方，"大家简单粗暴地给川菜贴上'很辣'的标签，他们完全不知道风味的层次感"。这主要是因为在中国以外，人们很少能遇到货真价实的正宗川菜。反之，四川人也鲜有机会一品正宗西餐。十年前，西餐在四川几乎无人知晓。即便到了现在，经济蓬勃发展，人口流动加剧，橄榄油和奶酪等食材也因此出现在中国大城市的超市货架上，但所谓的"西餐"却仍然把原汁原味折射得漏洞百出，其代表主要是各大连锁快餐品牌。所以，三位大厨来到加州之前，对我们西方的饮食文化传统可谓知之甚少。

---

① "俄式上菜法"，即按照"头盘—汤—副菜—主菜—甜品"的顺序分别上菜，每次一道，随吃随撤，让每道菜在最适宜的温度下被享用。这种上菜的方法在十九世纪初被法餐采纳后，逐渐被发扬光大。

一开始，他们几乎什么都想尝试，所以我抓住时机，带他们领略各种陌生的味道和口感。在酒店里，我"引诱"他们尝试斯蒂尔顿蓝纹干酪和洛克福羊乳干酪、陈年帕玛森干酪、水瓜柳、橄榄和菊苣。各种奶酪是很特别的挑战，因为中餐中完全没有这样的东西（不过它们很容易让人想起中国的发酵食物——腐乳）。大厨们进行品尝，礼貌有余，热情不足；虽然喻波用了一个很正面的词"鲜"（就是我们常说的"umami"），来形容蓝纹和洛克福的味道。

大厨们此行赴美，主要目的是在圣海伦娜（St. Helena）的美国烹饪学院（The Culinary Institute of America）做展示。在学校吃午饭时，他们表现得很礼貌，往自己盘里装的是沙拉和做熟的肉类。去各家餐厅用餐时，他们最喜欢的西餐总是那些与中餐关系最密切的：烧烤猪排、烤鸡、南瓜泥。他们唯一吃了个光盘的一道菜，是意式海鲜调味饭："很是吃得下。"这是他们的一致评价，但又觉得区区一碗汤饭竟然收这么贵的钱，实在太好笑了。

但也有一些我不曾预料到的大忌讳。最突出的就是他们对生食发自内心的厌恶。中国自古以来便把吃生食视作野蛮人的习惯，时至今日，中餐中几乎所有东西也都是煮熟才能吃的。在美国，三位大厨看着端到面前的血淋淋的生肉惊骇不已。在学校吃了两天自助午餐之后，就连沙拉也让他们觉得厌倦："我再吃生的东西，就要变成野人啦。"肖见明开了个玩笑，露出了一个顽皮的笑脸。

硬壳的酸酵种面包，他们觉得很硬，嚼不动，吃起来很不舒服。中国人喜欢那种滑溜溜的、软骨一样的口感（想想鸡爪、海蜇和鹅肠），而大部分西方人对此可谓深恶痛绝。而酸酵种面包独特的口感似乎一时半会儿在中餐里还找不到能与其对应的食物。大胆的喻波一直在品尝和分析一切，即便另外两位大厨已是意兴阑珊。我饶有兴味地观察着喻波咀嚼人生的第一口洋蓟心，品尝枫糖浆，深吸一口气，感受有史以来第一缕上乘红酒的酒香。

我仍然一心想给他们机会欣赏让西方人赞不绝口的各种食物，所以有一天我们开车去了伯克利的"潘尼斯之家"（Chez Panisse Café）[①]。我点了生蚝。对这种软体动物，肖见明是碰都不愿意碰。兰桂均吃了一个，只是为了迎合我。喻波则让我心满意足，他觉得这辈子的第一个生蚝挺特别，吃得心情愉悦，甚至大胆地拿起了第二个。我问他味道如何，他猛点头表示认可："不错，不错，有点像海蜇。"主菜更成功一些，他们说意式煎小牛肉火腿卷配南瓜泥，以及鹰嘴豆炖锅里的蛤蜊，都比较符合中国人的口味。

这是一个奇怪的文化态度镜像。西方人会抱怨在中餐馆用餐后一小时就又饿了，而这些中国游客在美国也经常性地面临"吃不饱"的问题。一天晚上，在一间餐厅以欧洲餐桌礼仪吃了几道菜之后，肖见明明确要求我去问问，能不能上一份简单的蛋炒饭。这要求在中国特别正常。（餐厅当然做不到了，因为他们根本没有现成能用的冷饭。）

我们在烹饪学院的第三天，他们宁愿选择一家风评并不好的中国餐馆，也不愿再冒险尝试另一顿精美的西餐了。过完第四天，我们在学院的厨房找到了一个电饭煲，所以晚饭我们都吃了蒸米饭，配上简单的辣味韭菜。到美国以来，我还从来没见过这三人吃得这么狼吞虎咽，看着是如此开心和放松。

西方人可能认为，中国人有着种类丰富到令人惊讶的食材、中国人爱吃"怪"食，而相比之下，西餐就很"安全"和"正常"。但这些大厨在这个国家的经历恰恰说明，美食方面的文化冲击是双向的。

他们在加州做出的种种反应，让我想起自己食在中国的早期回忆：我刚到目的地安顿下来的那天晚上，风尘仆仆、疲惫不堪，在一家重庆

---

① 这家餐厅是加州现代餐饮的诞生地，掀起了餐厅使用当地新鲜食材之风。

火锅店，面前是一桌子奇形怪状的橡胶一样的东西，我一个也不认识，更不知道该怎么吃；我与花椒第一次相遇时，它们被大量地撒在我点的每一道菜里（"真难吃，受不了"，我在当天的日记里写道）；朋友好心地夹了精挑细选的小块猪脑花放进我的米饭碗，我想尽办法不吃。招待我的中国朋友觉得他们是在给我"打牙祭"，特别优待，而我却要挣扎着才能把那些食物吃下去，一边还要强装出一副勇敢的样子，真是太难了。所以，我真的特别理解和同情这些中国朋友，他们在这条充满挑战的路上迈出了试探性的第一步，还得努力保持礼貌、努力去适应。

在"法国洗衣房"吃完那顿晚餐后，我真是哭笑不得：该笑的是很多外国人在中国的经历在我眼前有了镜像一般的展示；该哭的是我的朋友们没能欣赏到这顿饭的美妙无比。我很好奇，他们回国以后会不会对其他朋友讲述一个个令人震惊的故事，什么生肉和橄榄之类的，这显然相当于美国人讲中国的蛇羹和蝎子了。

不知为何，我总猜想，在短短几年后，很多外国风味都能够成功赢得肖见明、喻波和兰桂均的喜爱。·中国正在以惊人的速度瞬息万变，餐饮业也处在持续而迅速的创新当中。近年来，在成都，生鱼片、红酒和芦笋都逐渐受到欢迎。而你只需要去香港或台湾，就能找到真正具有世界性和跨文化精神的中餐。

但初遇总是会带来震荡的，不管你的起点是四川还是加州。大厨们在美国匆匆一瞥，兴趣盎然；然而在美食方面，确实是过于新奇了，短时间内很难消化吸收。在旅程的尾声，肖见明和兰桂均已经归心似箭，要赶紧回四川喝一碗米粥、吃个红烧鸭、尝点儿豆瓣酱了。（而喻波则决定在美国继续待上几个月。）

尽职尽责地当完导游和翻译的我又做了什么呢？我在一家咖啡馆舒服地坐着，点了个汉堡，肉饼要五分熟，加一片奶酪和大量的生蔬菜沙拉。也许有人要说这是野蛮人才吃的东西，但是，天啊，真是太美味啦。

中餐英渐

（发表于《美食观察家月刊》，2019 年 9 月刊）

1996 年，我向六家出版商发出了自己的第一本四川菜谱的计划书，拒信一封接一封地来。每一封都以这样或那样的方式解释道，对于英国读者来说，一本中国地方菜谱太小众了。我很沮丧，同时也难以置信。我在四川待了快两年，吃了各种各样的东西，每天都为那些吃食叹服。四川并不是什么落后的小地方，而是一个面积与法国差不多的大省，人口是整个英国的两倍。在中国国内，川菜与众不同、令人兴奋、名声在外。鱼香茄子与麻婆豆腐的魅力无与伦比，这些编辑应该轻易被我说服，急于去了解才对呀！

现在回想起来，他们的犹豫是完全可以理解的。尽管中国改革开放已久，大部分英国人仍然将其视为一个与他们毫无关系的遥远国度。在英国，中餐基本上只有单一的模式，就是根据英国人口味进行了调整的粤菜。"中餐"这个概念既让人熟悉到觉得已经过时，又几乎没有人真正了解。实际上，那些令人叹为观止的中国地方菜系，在英国唯一可见的微光，就是那些主打粤菜的餐馆菜单上偶尔会提到的"四川"（Szechwan）或"北京"（Peking）风味。倒也有谭荣辉（Ken Hom）、苏欣洁（Yan-kit So）和熊德达（Deh-ta Hsiung）写了一些具有开创性的中餐菜谱，将来自中国各地的经典美食介绍给英国读者，但外界仍鲜有机会像探索南欧美食那样去探索中国的地方美食文化。

历史上，英国的第一批中国餐馆诞生在十九世纪，完全不是为本地顾客而开，而是为了在伦敦东部莱姆豪斯区（Limehouse）、利物浦等城市的码头附近驻扎的中国水手。二十世纪初，这个国家少量的中国人口有所增加，因为又来了一批学生，加入了最初那些定居者的行列。他们都遭遇了歧视：1913年，作家萨克斯·罗默（Sax Rohmer）的小说《傅满洲博士之谜》（*The Mystery of Fu Manchu*）让人们对所谓的"黄祸"——即中国人对白人种族的阴谋——心怀恐惧，并将中国人聚居的莱姆豪斯区描绘成鸦片和犯罪的肮脏温床，这更是让歧视的情况雪上加霜。一直到中国餐馆逐渐出现在伦敦市中心，它们才开始（慢慢地）赢得那些非中国顾客的喜爱。伦敦西区的第一家中餐馆应该是1908年开业的"华夏餐馆"（Cathay）；1930年代和1940年代，更多的中餐馆涌现出来，包括华都街（Wardour Street）上颇受欢迎的"来昂中餐馆"（Ley On）。

无论从哪方面来看，促使人们对中餐的态度从过去通常的惊骇幻想转变为欣赏认可的，正是二战后从亚洲战场归来的军人们的口味变化。战后，伦敦等英国城市的中餐数量稳步增长。1950年代末和1960年代初，新一波南粤移民从香港来到英国；随后，在1970年代，又有数以千计的华裔难民从越南赴英，其中很多人都干起了餐饮的营生。一些中餐馆的确有技术好的熟手师傅，但大部分的外卖店都只招收一些技能低下的移民，提供的食物品种也有限，菜式平平无奇，比如炒面、杂碎、咕咾肉和咖喱。1960年代，伦敦市中心的爵禄街（Gerrard Street）和曼彻斯特市中心出现了中国餐馆群，这两个地方迅速发展，很快成为当地的唐人街。过去的莱姆豪斯唐人街大部分在战时被炸毁，随着中餐厅老板们着重在苏活区（Soho）发展，从前的那些馆子也就慢慢消亡了。

1990年代末，我开始为《闲暇》杂志（*Time Out*）写餐厅点评，那时候中餐厅和中餐外卖店已经在全英国随处可见、不可或缺。大部分餐厅都专做口味清淡的南粤菜肴：点心、烤鸭和挂在窗上的诱人烧味，还有蒸海鲜、炒蔬菜和砂锅炖菜。尽管在伦敦备受欢迎的"江记"（Mr Kong）、"潘记"（Poon's）和"五月花小菜馆"（New Mayflower）能够吃到正宗的传统粤菜，但很多英国人仍然偏爱适合他们口味的菜肴：香酥鸭、咕咾肉和蛋炒饭。更有趣（对西方人来说还要加上"更具挑战性"）的菜肴被暗藏在中文菜单里。在餐饮业，几乎没有谁能挑战粤人的主导地位。餐馆大多由粤人经营，中餐食材的进口和销售也多由粤人进行。专门的川菜配料，比如香味诱人的花椒和来自原产地的郫县豆瓣，在这里是根本找不到的。粤语是唐人街的通用语言，很少有人能讲流利的普通话。

过去二十年来，中国逐渐兴起为世界文化大国和政治力量，由此掀起了阵阵浪潮，引发了涟漪效应；在此推动下，英国的中餐界发生了一场革命。那些守卫餐饮界的"粤老"们大部分都退休了，他们那些在英国接受教育的子女都转去做了白领。1990 年代初，中国开放了国门，从那以后，新一代的中国人（不仅来自南粤，而是全国各地）都有机会去探索世界了。来自其他地区（尤其是华东南福建省）的移民进入已开业多年、站稳脚跟的中餐馆后厨工作，之后又自立门户。中国留学生涌入英国的各级学校，中国游客和其他类型的访客也越来越多（2008 年到 2018 年这十年间，中国人赴英的次数几乎翻了两番）。

新一代、多样化的中餐馆工人与同样多样化的中国顾客形成两股并行的推动力，在重塑英国中餐业的过程中起了同样重要的作用。过去，中餐馆的生存之道只有迎合那个时代的英国人口味；如今，尤其是在大学城，新近从中国赴英的人形成了一个大市场，其中很多都是年轻人，他们都想吃到自己在家时喜欢吃的、没被外国口味影响的菜。而自1990 年代末以来，前面所说的这种"菜"，绝大多数都是四川的辛辣菜肴。

2001 年，我的四川菜谱终于出版了。那时候，对绝大多数英国人来说，川菜仍然是一个未知数。那个时期我遇到的美食记者从未体验过上好的花椒在唇上那俘获人心的麻刺感，也没有品尝过麻辣度到位的麻婆豆腐。关于川菜的英文作品很少：两本美国人写的食谱（罗伯特·德尔福斯著《四川佳肴》和艾伦·施雷克著《蒋夫人川菜谱》）中首次展现了这种菜系，但都已经绝版，再难寻觅。在西方国家生活的四川人也很少。一直到 1990 年代我因为偶然的机缘前往四川之前，一个外国人绝不可能像我一样，能够去当地为一本中餐地方菜谱做研究、搜集菜谱，并描述亲眼所见的地方生活和文化。我在四川省会成都上的那所烹饪学校，在我之前从未招收过外籍学生。在英国，"Szechwan"（一个比现在常用的"Sichuan"更古老的音译）只不过是用来笼统地描述中餐馆菜单上所有的辣味菜肴。

1990 年代，随着新市场经济在中国兴起，餐饮业也迸发出活力。中国的经济生活焕发生机，人们便对中国最活泼刺激的一种菜系产生了狂热的渴望。川菜馆和小吃店在全国各地开张营业；"水煮鱼"（油汪汪的沸腾辣椒海洋中的鲜嫩鱼片）和火锅之类的菜肴迅速流行，势不可挡。新一波赴英的中国旅居者与移民把他们的饮食时尚也带到不列颠，这是再自然不过的事情。

在我的四川菜谱出版前后，伦敦就出现了"川菜馆之春"的早期萌芽。我开始从中国朋友那里听到一些传闻，说阿克顿（Acton）和吉尔本（Kilburn）区有小餐馆能做正宗的川菜。我去了吉尔本公路上的"安吉利斯"餐馆（Angeles），那里的菜单上有传统川菜，叫我大吃一惊。2006 年，"水月巴山"（Barshu）在苏活区开业，川菜这才算是真正进入了伦敦人的餐厅地图。山东商人邵伟想要开一家位于市中心的高档餐馆，用餐对象瞄准他那些受过高等教育也普遍比较富裕的中国朋友。他召集了一个来自四川的五人厨师团队，总厨是厨艺高超的傅文宏。餐馆的主要调味料从中国进口，并且在开业之前拉我入伙做顾问。从一开始，我们就决定摈弃香酥鸭、咕咾肉等在伦敦占主导地位的中餐，制定一份有中国特色的当代川菜菜单。

中餐业的多样化越发广泛，"水月巴山"就处在这股浪潮的前沿。不久，在伦敦、曼彻斯特、诺丁汉、伯明翰、牛津等城市的很多地区，都出现了川菜馆，甚至连粤菜馆也逐渐在菜单上添加了川菜。在中国上下很受欢迎的川辣火锅，也开始在英国的专门餐厅里出现：桌子掏个洞，放上大锅，一锅老汤里漂浮着辣椒。

川辣崛起，来自另一个爱吃辣的省份湖南的湘菜，以及东北菜也借势来袭。很多新地方菜馆一开始并无任何英语宣传，只是为了吸引中国游客，菜单更多地反映了中国国内的趋势，而非当地饮食潮流。伦敦开了"西安印象"（Xi'an Impression）、"魏师傅西安小吃"（Master Wei）、"韩记西安凉皮肉夹馍"（Murger Han）和"西安 biangbiang 面"（Xi'an Biang Biang Noodles），于是西安和整个大西北的街头小吃也开始崭露头角。你甚至可以在沃尔瑟姆斯托（Walthamstow）寻找"丝绸之路"：在那里的"艾德莱丝绸"餐厅（Etles），维吾尔族主厨穆克代斯（Mukaddes Yadikar）会为食客们烹制来自她家乡新疆的美食。

除了地方美食的百花齐放，中餐业的多样化也在其他方面有所体现。伦敦开了以特色小笼包闻名的"鼎泰丰"，食客们有着多样化的选择，比如米饭配菜，或者吃几份点心当午餐，或围坐火锅饱餐一顿，要么品尝种类多样的包子饺子类点心。人们也可以在"许儒华苑"（Xu）的麻将包间边吃边玩。像"鼎泰丰"和"海底捞"这类完全从中国土生土长起来的餐馆，正与国际中餐品牌竞争。2017 年，出生于英国的中餐主厨黄震球（Andrew Wong）以其受到历史启发、颇具创造性的系列品尝套餐，赢得了一颗米其林星。

在正餐的领域之外，街头小吃摊和非正式的快闪店也为中餐后厨打开了通往新口味和新风格的大门。在斯皮塔佛德市场（Spitalfields Market）的"饺屋"（Dumpling Shack）能吃到底部香脆的上海生煎包；在马里波恩区（Marylebone）一间酒吧的地下室有家"刘小面"，做的是辣味重庆小面。籍贯上海的莉莉安·卢克（Lillian Luk）在她家的客厅"上海美食俱乐部"（Shanghai Supper Clubs）端上江南家常菜；另一位上海大厨李建勋（Jason Li）以"梦上海"（Dream of Shanghai）为名，在沃平区（Wapping）推出了广受赞誉的晚餐会客厅。尽管从这些窗口仍然只能微微领略博大精深的中国美食，它们还是打破了对"中餐"刻板单一的旧有成见。

无论是餐馆还是家厨，中餐食材调料的供应都发生了转变。中国超市里有大量的四川豆瓣酱、新鲜青花椒、四川红油和朝天椒。就连主流大超市都不再只售卖那些以西方顾客为目标的中国品牌，而是同时引入了华裔顾客喜爱的品牌，比如"李锦记"的调味料和以叫人上瘾著称的"老干妈"辣酱和豆豉酱。也许中餐食品种类最丰富的地方仍然是唐人街和中国超市，但也有新一代的小型东亚杂货"夫妻店"，大部分的中餐烹饪基本原料都在其中有售。

尽管取得了上述发展，英国的中餐馆整体仍然受到严重掣肘。几年前移民政策的收紧，使得各家餐馆几乎不可能从中国招收新的厨师。火锅店的迅速扩张不仅反映了这种餐食广受欢迎，也说明火锅其实是个对技能要求相对较低的生意：比起找擅长使用炒锅烹饪的厨师，找工人来切切菜、准备烫火锅的原料，的确要容易多了。有人尝试过在本土引进中餐烹饪的培训，最近的一次是克劳利学院（Crawley College）和天津食品集团的合作。但大部分餐馆都只能竞相招收已经在英国定居的中国厨师，而这类人的数量非常有限。

令人食指大动的街头中餐激增，与此同时，比较精致复杂的菜肴却在减少。在伦敦的唐人街，曾经占据主流地位的上乘粤菜如今几乎不见踪迹。除了这些具体方面的隐忧之外，中餐馆老板们和这个行业的所有人一样，都在抱怨竞争激烈，租金和税收飙升。

中餐在英国有着接近无限大的可能性。按照二十世纪末的习惯，中餐被划分为四大或八大菜系，但其实中国的每个地区、省份、城市和小镇都有独具特色的饮食。比如，西南大省云南就有着各式各样丰富而非凡的食物和风味；就算是西方食客更为熟悉的川菜和粤菜，相对来说也仍有很大发掘空间。虽然英国人对于新中餐的胃口也许堪称无限，中国餐馆的应对能力却受到了很大局限。在英国，我们是已经到达了中餐创新的巅峰，还是正处于众多新发现的边缘，答案还需拭目以待。

译得真"菜"

（发表于《金融时报周末版》，2008 年 8 月刊）

随着 2008 年奥运会的临近，北京市政府开始了一项艰巨的任务：对所有讲英语的游客可能在餐厅菜单上遇到的菜名进行翻译并核准。中国官方新闻媒体报道，北京政府一心要避免诸如"没有性生活的鸡"（"chicken without sexual life"，指童子鸡）和"丈夫与妻子的肺片"（"husband and wife's lung slice"，四川街头小吃夫妻肺片）这类"奇怪的英语翻译"。该官媒还以不太常见的幽默口吻补充道："这些翻译勾勒出的形象，'可以说，并不太开胃'。"

中国餐馆菜单上那些可怕的错误引得来自世界各地的老外乐不可支。晚餐时有人给你端上一道"烧焦的狮子的头"（Burnt Lion's Head），这种经历谁忘得了？网上随便一搜，就能看到各种报道，里面有诸如"使人麻木的辣黄炒肚子丝绸"（Benumbed Hot Huang Fries Belly Silk）和"香味爆炸牛仔的骨头"（the fragrance explodes the cowboy bone）等"美味佳肴"。我个人最喜欢的一个菜名英译出现在一种糕饼红白色的时髦包装上，"Iron Flooring Cremation"①（"铁板烧"三个字的逐字直译，比较合适的翻译应该是"baked on an iron griddle"）。这个傻乎乎的包装多年来都是我的笑点。

不过，中国人希望避免这些叫人尴尬的错误，这完全可以理解：尤其在这样的一年，他们希望能向全世界展示中国的最佳形象。有关部门已经敦促北京人民好好排队、不要随地吐痰。旅游性质的餐馆也收到相关意见：奥运会举办期间不要卖狗肉。甚至还有一项指示对人们的衣着提出建议，其中包括不要穿睡衣出门。在如此干净清洁、秩序井然的奥运都市，哪有"蒸垃圾"（"steamed crap"[②]）的容身之处？

玩笑归玩笑。中国餐馆的菜单的确需要合适得体的翻译。原因不仅是外国人可能需要这些翻译的帮助来决定点哪些菜；一桌人同吃的中餐，要点菜点得好，才能吃得好。一顿饭，要是不止一道糖醋味的菜，或每道菜都带汤挂水，那就是一场饭桌上的灾难。相反，一顿好餐则能够以和而不同、多种多样的体验来取悦人的味觉。即便是在顶级餐厅，你也必须得懂一点菜单上那些菜肴的特点：色、香、味、烹制方法、是湿是干、形状和口感……否则根本开不出一份又撩拨口腹又和谐舒爽的菜单。

就算只为一小部分中国菜制定准确的译名，也是很艰巨的工作（光是属于四川省的特色菜就有五千多道）。而中餐的专业语言也让挑战更大也更独特。首先是复杂。中餐厨师使用大量的词汇来描述烹饪方法，其中很多都没法翻译。比如"熘"，意思是把切好的食材先过油或过水做熟，再放入单独准备好的酱料：这用英语怎么能简洁准确地概括呢？就算某种方法乍看很简单，比如"炒"，也有很多细化分类，如基础的"炒"，再来是大火快炒（爆炒），以及在干锅里炒（干煸）。我在四川接受厨师培训时，要学习的标准烹饪法就有五十六种，这还只是我中餐烹饪学徒生涯的起点。要将如此博大精深的烹饪技巧翻译成简洁的菜单，绝非易事。

此外，很多类型的食物都找不到对应的英语词汇。比如"dumpling"，这是对很多中国小吃的统称，从"饺子"（包馅儿的半圆形小吃，水煮

---

① 这个英文译名回译过去是"铁地板火化"。
② 应该是"蒸蟹"（steamed crab）的误译。

着吃）到"烧麦"（钱袋状包馅儿小吃，蒸着吃）和"包"（褶子在顶部形成漩涡，蒸着吃）。光一个"粉"字，意思可能就有形状各异的面粉、米粉、粉丝、凉粉……这又怎么翻译呢？在中餐厨房里做笔记时，我常在匆忙中就写下汉字，原因无他，就是除此之外便没法准确记录我看到、闻到和尝到的东西。

那么，也许我们应该仿效西餐，全盘借用中文词汇。烹饪和享用菜肴时，讲英语的人们总是自如地使用法语词汇，比如"sauté"（煎炒）、"hollandaise"（荷兰酱）和"mayonnaise"（蛋黄酱）。就连我们最基本的烹饪概念——chef（主厨）、menu（菜单）和 restaurant（餐馆），都是直接从法语里"盗用"的。我们是否也该对中餐如法炮制呢？在某种程度上，这其实已经是既成事实了：想想"wok"（炒锅）、"wonton"（云吞）和"dim sum"（点心），还有"tea"（茶）这个词，就是源自福建方言。一些外来的中国概念也已经开始跨越语言的界限，比如"small eats"（"小吃"的直译）和"mouthfeel"（口感）。

然而，借用中文也只能走这么远了，因为超过一定的限度，你就必须要了解实际的汉字，才能掌握准确的意思。就拿川菜来举例吧，有两种烹饪方法的音译都是"kao"（"烤"和"燶"），要看到汉字才能区分得开。"salty"（咸）和"umami"（鲜）的汉字不同，但拼音都是"xian"。

还有口味和文化方面的判断问题。川菜中最著名的豆腐菜是"麻婆豆腐"，直译就是"Pock-marked old woman's beancurd"（长了麻子的婆婆的豆腐）。中文听着亲切深情，英文乍听上去却像在骂人。类似的情况不少，比如四川有个连锁火锅品牌叫"耙子火锅"（"耙子"即"瘸子"），还有一家小吃店叫"痣胡子龙眼包子"（"痣胡子"即"带毛的痣"），都是以最初的经营者命名：一位是残疾人，一位脸上至少有一颗毛痣。很难想象"Cripple's Hotpot"（瘸子火锅）或"Hairy mole dragon-eye buns"（毛痣龙眼包）能在伦敦或纽约开得红火。如果你晚饭想吃炒鸡肉，看到菜单上有"animal reproductive organs in pot"（直译为"动物生殖器官锅"），还吃得下吗？有时候，语言上稍微模糊一点，或许要好一些。

最后，很多中国菜名里带着机锋与诗意，这又该如何体现呢？川菜中的高端宴席菜"鸡豆花"，直译成英文是"chicken tofu"，莫名其妙、令人费解，其含义是这道菜很奢侈，费力将鸡胸肉剁成细茸，变成豆腐状，样子看着就像是最便宜的街头小吃"豆花"。这算是美食上的一个小玩笑。还有"担担面"，中文很美妙，有点拟声的意思，一说就能想起街头货郎挑着"担担"，两头的筐子甩来荡去的生动画面，还有货郎的叫卖声。如果翻译成"shoulderpole noodles"，那种音韵美就完全消失了；如果直译为"Dan Dan noodles"，好听倒是好听，又不知道什么意思。就算是专门被新华社提出来，显得特别倒胃口的"husband and wife's lung slice"，都讲述了一个动人的故事：1930年代，成都街头有一对夫妻挑着担子卖小吃，婚姻和睦，传为美谈，他们做的肺片广受成都市民喜爱，经久不衰。

北京政府努力的最终结果是一本一百七十页的书，《中文菜单英文译法》（*Chinese Menu in English Version*）。书中列出了两千多道菜肴的建议英文译法，是实打实的成就；对在语言方面一向处于困境的中餐馆老板们来说，也是一次巨大飞跃。二十几位译者坚持自己的立场，保留了好些有用的中文词汇，比如水煮的dumpling就叫"jiaozi"，糯米搓的球就叫"tangyuan"，钱袋状的蒸dumpling就叫"shaomai"。一些名声不好的食物（比如狗肉），书中并未提及，但也没人能指责他们对菜单做了"净化"，因为里面收录了大量对外国人来说具有挑战性的菜肴，比如清蒸猪脑和炒鸡胗。

然而，在全世界最绝妙的饮食体系面前，这样的名录仍显苍白。带抒情性质的描述性术语（比如绿色的食物叫"翡翠"，还有形容各种口味有趣组合的"怪味")翻译之后就没那个味道了;"麻婆豆腐"与成都那个讨人爱的麻脸婶子之间的联系,也在翻译中湮没无闻。正如作家周黎明(Raymond Zhou)在《中国日报》(*China Daily*)的专栏中所写,这种标准化翻译是"一把双刃剑,消除了模棱两可和不太适宜的幽默……但也夺去了乐趣和丰富的内涵。就像把一份菜单变成了白米饭,必要的营养倒是有,但也风味全无"。

鸭舌吃法指南

（发表于《金融时报周末版》，2019 年 3 月刊）

如果你不是中国人，面前却意外地摆上了一份鸭舌，想到的第一个（也是非常合理的）问题，可能不仅仅是应该怎么吃，还有为什么要吃这东西。鸭舌是个吃起来非常麻烦的小东西，还没有肉，也就是几根软骨，被橡胶一样的外皮包裹着。大部分西方人的餐盘里都不太可能有鸭舌。但在中国，鸭舌与鸡爪、鹅蹼等一系列相对"边缘"的动物身体部位一样，是非常美味的佳肴。

传统西方观点认为，中国人吃很多奇奇怪怪的东西，也许是因为贫穷和绝望。在 1300 年前后，马可·波罗写道："他们吃各种各样的肉，包括狗肉和其他凶猛野兽以及各种家畜的肉，基督徒是绝对碰也不会碰一下的……下层人吃起各种不干净的肉，也是毫无禁忌。"美国的早期华裔移民被"吃老鼠肉"的疑云缠身。2002 年，英国《每日邮报》（*Daily Mail*）刊登了一篇声名狼藉的文章，标题为《呸！切个屁！》（*Chop Phooey!*），说中国菜是"全世界最靠不住的食物。做中国菜的中国人会吃蝙蝠、蛇、猴子、熊掌、燕窝、鱼翅、鸭舌和鸡爪"。

大体上来说，此言自然不虚。在明显的地域差异之下，中国人吃的内脏范围之广，叫人眼花缭乱，也会让大部分西方人认为过于极端、难以接受。但是，如果认为这是绝望之下走投无路才吃的食物，那就大错特错了。当然，中国肯定是有"穷人食物"的，这一点和一切农耕社会一样。但中国人爱吃西方人视为"下脚料"而避之唯恐不及的东西，这一点却跨越了阶层。中国农民和世界各地的农民一样，自古以来都会在宰杀动物之后饱餐它们的内脏，因为什么也不想浪费。但在这片土地上，以秘方烹制的动物器官和内脏，也同样以珍馐佳肴的姿态登上了大雅之堂。比如"鱼肚"，或称鱼鳔，本是没什么味道的胶质组织，而大厨们就是有本事花上很多时间和劳力，将其变成一种高雅罕见的美味。费这个劲儿干吗呢？

除了普遍希望避免浪费和最大化地获取营养的观念之外，中国人吃他国人不吃的食材，还有一些文化上的特殊原因。其中之一是传统中医的药理知识对每一种食物都赋予了药用价值，并认为吃动物的特定部位也能够滋养人体的相应部位。比如，如果一个人脚痛，就可以吃炖猪蹄，以食补的方式帮助治愈疼痛。而鱼肚则被认为对一系列疾病都有疗效。像雄鹿鞭这种橡胶口感的食材，在西方人看来相当倒胃口，在中国却是治疗阳痿和不孕的传统补品。

不过，也许下面这个原因更为重要，那就是中国人对食物口感的注重。中餐饮食讲究从吃东西时完整的感官体验获得愉悦享受，而"口感"与香气和味道都密不可分。中国人（和日本人一样）十分讲究精致细微的口感享受，他们所能够欣赏的口感种类远远超过西餐中通常对口感的理解。中国人解释自己为何喜好某种食物时，往往会把口感列为其吸引力的一个组成因素。很多中国人还会以偏爱之心主动去寻求西方人通常不怎么喜欢的口感，比如滑溜、黏糊、脆爽、弹牙、弹韧、湿滑和软骨般的感觉。

中文里有个美妙的形容词，"脆"，可以用来形容鸡脆骨那湿滑又爽脆的口感。另一个词，"酥"，则是用来形容另一种脆，就是一口咬下去就碎成渣的感觉，比如炸猪油渣。"糯"这个词则描述了文火慢炖的猪蹄那种包裹唇齿的柔软，而"滑"是一种在嘴巴里溜来溜去的感觉。中国人偏爱某种有点弹牙质地的食物，中国台湾人会称这种口感为"Q"（特别有弹性的食物，就是"QQ"了）。比如，在华南地区，好的牛肉丸肉质不是柔嫩的，而是有极好的弹性，已经游走在"脆"的边缘：潮汕地区的厨师会用金属工具捶打肉糜来追求这种效果。几乎自相矛盾的复杂口感也备受推崇：比如，既黏糯又有点紧绷的海参，或是兼具黏滑和爽脆口感的水生蔬菜。

对口感的深切欣赏和喜好极大地扩展了可食用的食材范围。如果你并不喜欢鹅肠或鱼肚的口感，就没必要费心去烹制，因为这两样东西本身没什么味道。然而，如果你懂得欣赏口感，那这两样东西会激荡你的唇齿。在内脏带来的感官愉悦上，中国某些地区比其他地方钻研得更深更精：四川人特别具有冒险精神，他们吃的一些部位特别弹韧难嚼，吃的时候头脑里都能响起嘎吱声，比如牛黄喉（牛的主动脉）和猪的上颚（在川蜀当地被称为"天堂"）。

除了各种各样特殊的口感乐趣之外，中国人还喜欢去征服我父亲口中"高格斗系数"的食物。鸭脖子就是一条椎骨上面牵着几丝肉而已，但用双唇和牙齿去嗍、吸和撕，正是啃鸭脖的乐趣之一。在英式正餐的场合，这些复杂的小块食物会引起社交焦虑，因为在那种时候，食客要拿着刀叉，礼貌优雅地吃饭，把嘴里的残渣吐出来也被视为一种粗鲁的行为。最近我在香港吃了顿晚饭，目睹一位欧洲酿酒师试图用刀叉来吃鹅掌，这几乎是不可能完成的任务。我觉得他一定不太能够乐在其中，而且也没法像他旁边的中国人一样，把牵在骨头上的肉都扒干净。

在中国，发出声音地嗍一嗍，低调地把骨头渣吐出来，这是没什么不妥的；直接上手接触食物甚至是喜闻乐见的。有些餐馆甚至会提供塑料手套，让你真正沉浸在麻辣兔头或一堆小龙虾之中。不久前在杭州，一位"土著"朋友和我一同享受了一条青鱼的红烧鱼尾，这是当地的特色菜。鱼尾巴上唯一真正的肉只有藏在尾根的一小块，可以用筷子来吃。除此之外，吃鱼尾的乐趣就在于把尾鳍一根根掰开，嗍干净里面的酱汁、软组织及其美味的鱼胶；吃的时候很容易显得狼狈，不过一旦掌握了窍门，就完全手到擒来了。

中国的美食家还偏爱他们所谓的"活肉"：动物身上经常弯曲和锻炼的肌肉，具有一定的拉伸感，与鸡胸那种不怎么活动的懒散"死肉"恰恰相反。中国饮食文化对动物的腿、脚、翅膀和尾巴有一种偏爱，这是部分原因。那盘杭州的鱼尾，是当地经典菜式，被称为"红烧划水"：并不是因为"鱼尾"不好听而采取委婉说法，而是对鱼尾在水中的运动进行了诗意的描述。有时候，一只鸡的头、爪子和翅膀可能会被做成一道菜一起上桌，被称为"叫、跳、飞"。

如果不是中国人，又希望充分欣赏中餐那几乎无穷无尽的精妙之处，那我建议你要解决"口感"这个问题。虽然很多中国菜并不需要你去享受其口感，但也有其他很多菜，要是没有"口感"这个元素，就只会让人困惑不解、不知所云。要是你一点儿也不喜食软骨或胶原组织，就很难全面享受中国美食的博大。从四川火锅中汆烫的小块内脏，到高级宴席上的海参和鱼肚，在任何社会层面或等级都是如此。

吃内脏也能为人们提供一个窗口，去了解中餐烹饪技术的精深。从本质上讲，你吃的部位越多，食材越特别，其烹饪和进食上发挥和创造的空间就越大。技艺纯熟的中餐厨师能够辨识食材本身的特性，认准其优点和缺点，利用烹饪技术和与之相生相和的食材扬长避短。正如1930 年代诗人克里斯托弗·伊舍伍德（Christopher Isherwood）在中国旅行时所说："没有什么是一定能吃或一定不能吃的。"北京的烤鸭店可以做"全鸭宴"，"除了鸭子的'嘎嘎'声以外，任何一个部位"都能做成菜；每个部位都根据其特性进行不同的烹饪和调味：鸭皮油亮香脆，鸭肉柔嫩轻软，鸭肠滑溜弹牙，鸭胗松脆作响，鸭脚滑韧耐啃……不一而足。

内脏之美，非行家不可知，这其中还有点浪漫的意味。从古至今，中国人待客就喜用稀有而奇妙的食材，一是表示对客人的尊重，二来也有惊艳炫耀之意：也许是季节限定的时鲜蔬菜，也许是冬虫夏草这种昂贵的珍馐，或只能从原产地觅得的、备受推崇的特产。餐厅常会根据价格来安排不同等级的宴席：花钱越多，食材就越稀奇古怪和昂贵。对稀奇食材的执着，已经是中国饮食文化持续了数千年的传统：公元前四世纪，贤哲孟子就曾做过一个著名的比喻，说鱼与熊掌这两种珍贵的食材，不可兼得。

罕见的食材通常被统称为"山珍海味"，其中包括来自偏远地区的干货，比如海参、燕窝和少见的菌类，也包括常见动物的特定部位（比如鸭舌和鹅掌），最顶级的是珍禽异兽的特定部位（比如鱼翅和熊掌）。就鸭舌而言，虽然鸭子本身易得，每只鸭却只有一条舌头，这个部位的稀缺性使其成为一种珍贵的食材，受到一定的瞩目。冰箱出现之前，谁要是能用一整盘鹅掌待客，就是在展示非比寻常的铺张奢侈和神通广大。

在西方，如果有人给你端上一盘尾巴、脚和翅膀，你可能会觉得被怠慢了。而在中国，要是面前摆上一条大鲤鱼的头或尾，那你可以肯定自己是在最受重视的那一桌。鱼肉是人人都能吃的，因为有很多；而鱼尾或鱼头，只会献给最尊贵的客人。鱼尾精致难得，鱼头无比美丽，口感丰富、滑溜而抚慰人心，一连串的骨头构造紧密相连，将内部的美味紧紧包裹起来。我在中国吃了二十多年，尝过一道尤其难忘的菜，"土步露脸"：一碗鲜汤中有两百条小鲔鱼的腮帮子肉（共四百片脸颊肉）。这在中国是很常见的情况，吃这道菜的深层乐趣，不仅仅在于感官口腹，更在于心理满足。

中国杭帮菜博物馆重现了一场十八世纪的铺张豪宴，主宾是尊贵的乾隆皇帝。除了整只的烤乳猪等众多菜式之外，还有一个大浅盘，上面盛着一只熊掌，周围是小小的鲫鱼舌：这属于"双剑合璧"的名菜，野味和相对常见的动物各取其珍稀部位，联合成菜。这道菜鲜明而生动地提醒着人们，中国人可以吃得很"高尚"，把动物吃得"从头到尾"（尽量不浪费任何部位，将烹饪创造性发挥到极致）；而这种"高尚"又能与奢靡浪费无缝衔接。

古往今来，很多著名的中国思想家都对自己所在时代的人们不择手段地追求口腹之欲而表示痛心疾首。两千多年前，贤哲墨子就觉得有必要发出警告，"要制定饮食的法则，不要去远方国家购买珍贵奇怪的食物"。[①] 如今，环保主义者们则谴责那些富有的中国美食家，说他们因为嗜好鱼翅，而致多种鲨鱼灭绝。而鱼翅并非唯一的问题：中国人对鱼肚的喜好也在威胁着其他海洋物种。

说点儿积极的：中西方的不同口味，就像杰克·斯普拉特和他的老婆一样，可以互补。[②] 英国的猪肉生产商向中国出口猪尾巴、猪肚和猪耳朵，而四川的麻辣兔头越来越受欢迎，说明当地的餐馆老板一定解决了世界其他地方消耗不完的兔头。对于动物，既然杀都杀了，当然最好是物尽其用了。

在中国的早些年，对那些口感如橡胶般的美味佳肴，我吃得漫无目的，也毫无乐趣。但在某个时刻，我不知不觉地跨过了一道门槛，发现自己是为了愉悦而有意地去吃这些东西：毫无疑问，我对中国美食的欣

---

① 此句出自《墨子·节用》，完整原句如下：古者圣王制为饮食之法，曰："足以充虚继气，强股肱，耳目聪明，则止。不极五味之调、芬香之和，不致远国珍怪异物。"

② 此句指的是一首英文童谣，原文为"Jack Sprat could eat no fat. His wife could eat no lean. And so betwixt the two of them. They licked the platter clean."。（杰克不吃肥，老婆不吃瘦；两人正正巧，吃光盘中肉。）

赏就此迈入了新阶段。从那时起，我也发现有些西方人会特意努力地以中国方式去探索各种奇妙的口感，从而加快这一跨越的进程。我想对西方读者说：光是想想这个问题，就有可能为你打开一扇大门，进入一个愉悦口腹的美食新天地。你也许很愿意进去探索一番哦。

再回到鸭舌这个话题：如果你还从来没吃过，那么本着敢于尝试的美食精神，它是值得一吃的。你可以在某个中国超市买一些，自己进行烹饪（菜谱见后），或者直接去川菜馆找找，有时候其他的中餐馆也能找到。吃第一口之前，请努力抛开自己对鸭舌等不熟悉的动物部位的偏见，关掉脑子里那个看见这类麻烦的小东西就会自动打开的"拒绝阀门"。想想在被称为世界上最精致成熟的美食文化中，老饕们认为鸭舌是难得的佳肴。努力去想想，你是多么有幸得到这种奖励，这袖珍而难得的小菜，这美食之矿中的钻石。用面前的筷子，或你的手指，拿起鸭舌，舌尖在前，轻轻丢进嘴里，闭上双唇，包裹鸭舌。接着用你的舌头和牙齿来吮咬，吃掉可食用的部分，用唇舌去细细感受那种肉骨缠绕的丰富。请抛掉先入为主的偏见，只是去尝试，放任自己尽情去探索那种直观的感觉，那弹牙多汁的肉，那软硬相辅相成的对比，那遍布你舌面的感觉。这将是你在中餐这片广阔"公海"上的首航，祝你好运。一个全新的世界在等着你。

温州酱鸭舌

参考菜谱来自：

http://www.xinshipu.com/zuofa/180576

鸭舌	200 克（约 30—35 条鸭舌）

腌料：

生抽	½ 大匙①
绍兴酒	½ 大匙
白糖	1 小匙②
盐	¼ 小匙
带皮生姜	10 克
蒜	1 瓣
小葱（葱白）	1 根

其他材料：

冰糖	10 克
老抽	1 小匙
八角	半个
盐	⅛ 小匙
绍兴酒	1 大匙

做法：

1. 煮沸一锅水。加入鸭舌，等再次煮沸后转中火煮 2 分钟后捞出，充分沥干水。

---

① 1 大匙（汤匙，tbsp）＝15 毫升。
② 1 小匙（茶匙，tsp）＝5 毫升。

2. 将所有腌料加入鸭舌，搅拌均匀。冷藏 5 小时或过夜。

3. 从冰箱拿出后将腌料中的固体食材去除，将鸭舌的水分充分沥干。

4. 锅烧热后入油，油热后加入姜、蒜和葱白爆香。再加入鸭舌、冰糖、老抽和料酒、盐、八角，倒入没过食材的水（约 300 毫升），大火烧开盖上锅盖，转小火煮 20 分钟。

5. 开盖，转大火，不断翻炒到汤汁收干，呈枫糖浆般深色浓稠状即可。

功夫鸡：一鸡九吃

（发表于《福桃》杂志，2017 年春季第 22 期）

要怪就怪那张图。在扬州，一位大厨送了我一本烹饪学校的教材，我闲来翻看，目光被一幅神奇而复杂的插图所吸引。那就像一张树状家谱，位于最顶端的"老祖宗"是一只活鸡，下面画着一些规整的线条，将这只鸡分成十二个部分，是为"后代"。这些"后代"又会依次以不同的组合变成九道不同的菜，组成同一餐。旁边的文字批注解释说，"一鸡九吃"是一道示范菜，设计者是高级名厨王素华，他专攻的领域是淮扬菜，即古城扬州的特色菜系。

王厨设计的这套菜谱中，每一道都是为了展示不同的厨艺，以及鸡不同部位的特性。"一鸡九吃"中，有开胃菜，冷热兼备，也有数道炒菜、两道汤，以及中餐风格的鸡块。菜肴的口感从耐嚼到嫩滑，从多汁到爽脆。从技术的层面来讲，要做这些菜，需要掌握专业中餐烹饪的主要技能：刀工、调味和火候。每道菜的卖相、口味和口感都应该彼此不同，这样才能让一种主材恰如其分地焕发出多姿多彩的吸引力。

和所有接受过科班训练的中餐厨师一样，王厨的第一步，是对食材进行思考剖析。他分析了各个部位的长处和短处，想出了各种扬长避短的办法，并选择相生相和的调味料和烹饪方法。鸡头、鸡爪和鸡翅都是"瘦骨嶙峋"，用我父亲的话来说，拥有"高格斗系数"：是只有中国人才青睐有加的软骨，结构和吃法都很复杂，所以只是简单沸水煮熟，调上佐料，供食客啃咬咀嚼，享受那种丰富的口感；鸡腿肉多且汁水丰富，所以上浆炒制；而嫩滑无骨的鸡胸肉则有不同做法：一部分做成一道炒菜，在另外两道菜里则被"施以魔法"，做成丝滑的鸡茸。任何一位中餐厨师都知道，鸡胗和鸡肝这类下水，如果煮过了，肉质就会变老变柴，韧如皮革；因此，对内脏的处理就是切成薄片，进行爆炒，借助调料抚平腥膻。鸡肠也是快速入沸水汆烫，保持滑溜弹牙的口感。这是充满思考、精心烹制的过程，能够做出菜色多样、美得叫人眼花缭乱的一整餐。

光是看看这些菜谱就已经累得够呛，但我对这样的挑战向来是"打蛇随棍上"的。"一鸡九吃"可以说是一个缩影，恰恰说明了我对中餐最钟情的方面：既有着"敬天惜物"的节约，又结合了天马行空的想象。当你夺取一只鸡的生命，就要确保去除爪羽之后，它的任何部位都不会被浪费，这是多么明智明理啊；而花好几个小时来仔细处理这只鸡，把它变成九道精致的小菜，这又是多么疯狂啊。要是换成一个英国女人，通常她就会把整只鸡直接塞进烤箱啦！

当然，我的第一道难关，是去找一只活鸡。做大部分的菜，随便找只死掉的老鸡都能凑合；但要实践这一套菜谱，我不仅需要肉和骨头，还得有很具体的肉和骨头。伦敦有些屠夫或农贸市场倒是会卖整袋的鸡杂，但在英国，就算是最大胆的"鸡杂综合袋"也绝对没有鸡肠（就连我最喜欢的唐人街超市都买不到鸡肠，那里只有鸡心和鸡胗）。而且，王厨的一道菜里要用到鸡血，这简直比鸡肠还难找。要在伦敦得到凝固的鸡血块，我唯一的希望，就是亲手为一只鸡割喉，再自行处理喷出来的血。

我打了几个电话，但相熟的肉商能提供的鸡，都是他们口中"即买即入烤箱"的状态。我想，在乡下找到一只农家散养活鸡应该容易些，于是托我的摄影师朋友伊恩帮忙找一只，他就住在剑桥郡的一个村里。

他打电话找到的第一位农妇养了很多鸡，但不愿意卖活的。"我们以前是卖活鸡的，"与他通话的那个女人说，"但亚洲人都是买去在自家的后花园里杀。"话说到这个份儿上，伊恩只好完全闭嘴。第二个农民没有进行这种良心的谴问，于是伊恩买到了一只重量适宜（大约两公斤）的鸡，把它带到了伦敦。我俩都不确定英国的火车能不能带活鸡，所以他将一个猫箱装饰上彩色的帘子，把鸡安全地塞在猫箱里（好在鸡没有被里面残留的猫咪气味干扰，在整个旅途中都很克制，没有叫唤）。

天黑以后，伊恩和那只鸡乘坐出租车到达我家。真是一只美丽的小东西啊，通体洁净，丰满柔软，披着一身雪白的羽毛。它通身有种优雅的气派，镇定地与我四目对视。我们努力让它有种"鸡至如归"之感：用一些旧的《中国日报》给它做了窝，让它安顿下来，并用玉米和水给它做了最后的晚餐。我与它聊天，对它"咯咯"叫，为自己将要"背信弃义"而心怀愧疚。（违反待客之道有各种各样的方式，但对于大驾光临自家的贵客最严重的犯罪，肯定就是杀了它吧?）不管揣着什么样的怀疑，小鸡还是安生地待了一夜，只是在筑窝时偶尔"咯咯"两声，或发出"咕噜咕噜"的微小颤音。

在多年的中国探索生涯中，我在市场上目睹过大量的宰杀场面。我长居成都期间，那里的禽肉摊子上总是血糊着羽毛，一片狼藉。尽管对禽流感的恐惧已经把大部分活禽宰杀摊位赶出了城市，但鱼和黄鳝仍然很多都是现点现杀，当场开膛破肚。我是个厨师，所以经常要亲自面对屠杀和血腥的场面。剖杀鱼、螃蟹和黄鳝，这些事儿我都干过。十几岁的时候，我沉迷于研究基础烹饪知识，说服母亲给我买过一只还带着羽毛的雉鸡，从此我就会给这种鸟类拔毛并进行处理了。但我从来没杀过鸡。

我打心眼儿里认为，只要是吃肉的人，都应该做好心理准备，勇敢面对杀鸡这件事；我也并不是那种特别胆小的人。然而，与此同时，我也禁不住想起短短几周前与一位美国朋友的对话，主题是他自己皈依素食主义的经历。一个严寒的冬日，他和父亲出外打猎，在一个封冻的湖边，他们杀死了一对鹅夫妻中的一只。另一只鹅在他们头上不停地盘旋，发出号叫，既像是哀嚎，又像是愤怒。朋友觉得那个场景持续了很久很久，甚至在他们把死鹅装上车绝尘而去时，那只"鳏寡之鹅"还跟着他们的车，在车顶盘旋并号叫。"在我头脑里面挥之不去啊，"他说，"那不断的号叫。"

第二天，我和伊恩起了个大早。那是十一月寒冷的一天。我们让那只鸡散了会儿步，然后就抓起它，到外面去完成必须要做的事情了。我们带着强烈的愧疚感，有些鬼鬼祟祟地在我家前院杀掉了它。有几个路人碰巧目光越过了院墙，都大吃一惊。我按照中国人处理鸡的程序，把大部分鸡血装在一个事先盛了点水、撒了一点盐和一点油的玻璃容器里。我把血、水、盐和油搅拌了一下，拿到楼上去放在蒸锅里。接着把鸡浸入一锅烫水，把羽毛烫湿、烫松。接着我又回到门外，坐在血迹斑斑的台阶上，开始拔鸡毛——很容易，用手一扯就掉了。

我回到公寓的楼上，把鸡剖开，掏出一团泛着光的温热内脏。我把这些杂七杂八的下水做了分类，小心地扔掉了泛绿的胆囊，保留了鸡肝、刚刚停止跳动的鸡心，以及带着白色叶状花纹、整体泛紫的鸡胗。我把鸡肠放在水槽里，用剪刀割开后冲洗干净，用盐和绍兴酒抓拌腌制。接着我割下了鸡头和鸡爪（趾甲都剪掉了），把关节和骨架都拆下来。我把"鸡尸"放入一锅水里，和去腥的姜、大葱和绍兴酒一起小火慢炖。现在，"一鸡九吃"菜谱里所需的一切部位我都有了，可以开始真正的备菜环节了。

和很多中餐菜谱一样，我面前这套"鸡大餐"的书面资料对用量的描述非常模糊，于是我只能自行去理解实践，而且实在忍不住将配方稍作调整，来适应我的四川口味。王厨的菜谱是用酱油、醋、糖和芝麻油来给鸡翅、鸡头和鸡爪调味，我则加了一些四川红油和一小撮花椒。他在菜谱中建议，鸡大腿切丁炒制时要加红辣椒，这似乎是在热情邀请我来点川味的火辣与活力，所以我准备了一些泡椒酱和蒜。另外，我在伦敦找不到王厨菜谱中的江苏腌黄瓜和泡姜，就选择了四川的榨菜来代替，那种咸酸爽脆同样是令人愉悦的美味。我还选择用植物油代替了猪油，因为考虑到自己不可能实现所有的菜同时上桌，希望避免菜冷之后猪油凝固，导致菜品卖相不佳的现象。

中餐备菜是关键，这是老生常谈，但通常也是真理。我这九道菜，光是切和腌制，就花去了好几个小时。六个星期前我的右手腕受了伤，还在恢复，备菜工作也因此变得更为复杂麻烦。给鸡去骨、去关节，我显然是做得到的；但要发挥在四川学厨时修习的技能，费力将鸡胸肉剁成柔滑的鸡茸，我的手腕就发出抗议了，只能叫伊恩放下相机，手拿两把菜刀，我则站在他背后颐指气使地发号施令，命令他一定要把每一根筋腱都挑出来。

等到万事齐备，真正能开火了，厨房的桌子和台面上已经摆满了各种小碗和碟子：切片的内脏、两种不同状态的鸡胸茸、琵琶腿肉块、切丝的鸡胸肉、切块的鸡腿肉、开水煮过的鸡头鸡爪和鸡翅、酱汁、面糊、葱花、姜末、蒜片、火腿、竹笋和蘑菇、焯水后切碎的菠菜和其他零零碎碎的食材。还在"咕嘟咕嘟"熬制着的高汤，浓郁的香味已经开始在厨房里飘啊飘，而我的食谱笔记卡上也溅满了酱油和油渍。

之后的一切水到渠成、干脆利落。我用自己发挥的川味调料给煮好的头、爪和翅膀调好味，做成名字很好听的一道"叫、跳、飞"。我把琵琶腿肉块裹在金黄色的蛋黄面糊里，炸成散发着葱与花椒香气的美味鸡块。我用鸡腿迅速炒了两道快手菜，肉过温热的油，再放入相应的调料，炒得更猛烈一些：第一道菜是放泡椒、姜、葱和蒜；第二道则要不同寻常些，是放脆甜的苹果丁。我用四川榨菜炒了切成细丝的鸡胸。那些零碎的小块内脏，即爽口的鸡胗、光滑的鸡肝和弹牙的鸡心，都被切成薄片，大火爆炒，再加入切片的荸荠，入口爽脆，叫人愉悦。

最难做的还是那两道鸡茸菜。第一道称为"雪花鸡"，要把各种东西加入鸡茸里搅拌和匀成乳状物，放入油中；油温要控制得恰到好处，既能够温柔地将鸡茸烹熟，又要保留其奶滑的口感，然后倒入笋和蘑菇，和这云朵一般的鸡茸一起进行快炒。第二道菜是羹，即浓稠的汤，要把稀稀的鸡茸加淀粉变稠，用一点鸡高汤和匀，用菠菜增加一点绿意，把表面装饰成经典的"太极"图案，表现阴阳相生、此起彼伏的永恒主题。最后，我在那锅奢侈的鸡汤中加了凝固的鸡血和带状的鸡肠，以及蘑菇片和笋片，做成一道抚慰身心的汤。

我们把所有的菜摆在黑色的背景上，我心中涌起一阵自豪和满足。真是不敢相信，我竟然成功做到了王素华大厨写的每个步骤，而且在门口杀鸡没有被捕，人生第一次清洗了鸡肠，试做并记录下九道新菜，结果都还不赖。厨房的地上还残留着几根白色羽毛，整个房间都溅上了油，到处散落着乱七八糟的碗和调料。猫箱空荡荡地放在走廊上，仿佛在打着哈欠；门外的"犯罪现场"还有几处血迹没有处理。然而，在"满目疮痍"之中，我那九道小菜好整以暇地以军事化队形排列，这是对中餐"变形魔法"的有力证明。

伦敦唐人街

（发表于《福桃》杂志，2012 年秋季第 5 期）

我第一次去伦敦的唐人街是在 1980 年代末期，我们一家人的朋友、来自新加坡的丽儿（Li-Er）带我和我的表亲去那儿吃点心。当时的我还从未被中餐"开光"，所以那是一次充满异域风情的大胆尝试。我们走过一根根缠龙柱，进入别有洞天的食肆"泉章居"。落座以后，周围有推车来来去去，吃的各种小东西都看不出是用什么高深莫测的原料做的。那些食物的口感是我从未体验过的：松软、黏糯、紧绷、滑溜。

那时候的我十几岁，已经是个热衷于烹饪和冒险的"吃货"，还在母亲的影响下养成了遇到新菜品就进行分析的习惯，总在努力猜测一道菜是怎么做出来的、用什么做的。然而，在那顿周日的午餐之前，我吃过最接近真正中餐的东西，就是偶尔尝试的外卖油炸猪肉丸（咕咾肉），配上颜色鲜红的糖醋酱汁，还有罐装竹笋炒鸡，以及蛋炒饭（对了，这个我还挺喜欢吃的）。

在泉章居，我兴奋与困惑的程度不相上下。我什么都想吃，所以尝了人生第一个鸡爪，是用豆豉汁蒸的；我还吞下了滑溜溜的神秘"粉卷"（肠粉），里面包着大虾，以及一块块白色的饼状物。大多数小吃我都完全猜不出成分，也没有判断其好坏与否的标准。我怀疑，要是没有丽儿，我应该永远不会冒险进入这样的餐厅。那顿点心午餐只是单次的冒险而已。那时的我，还不知道中餐将成为贯穿我人生的一个执念。

一直到好几年后的 1992 年，我才开始了多次中国之行的第一次。我背包畅游了这个国家，从广州到阳朔、重庆，还有北京。和很多外国旅行者一样，我因为对中国认知不足，又无法说读中文，一路困难重重。除了几道像北京烤鸭那样的名菜之外，我不知道自己应该吃什么，也不知道去哪里寻找美味。进了餐馆，我也完全摸不着点菜的门道。我在那次旅途中的饮食体验可谓相当随机而慌乱，毫无计划。

重庆的一些菜肴让我畏缩，因为里面充满了我以前从未尝过的"可怕"香料——花椒。我的唇齿与一些橡胶口感的东西缠绕扭打，我觉得这些东西可能来自某种动物的消化器官。在桂林，我遭遇了骗子宰客，他们说我吃下肚的一只油炸鹌鹑是珍稀的野生鸟类。当然也有一些亮点，比如我在粤菜馆吃的炒蛇肉和令人惊艳的点心，这些都出现在我那本《孤独星球》（Lonely Planet）旅游指南里。但很多时候我都窝在背包客聚集的咖啡馆里，吃着那里简单的家常菜肴，看着被翻译成"洋泾浜"英语的菜单。

不过，我已经被中国迷住了。回到伦敦以后，我开始上夜校学普通话，并且和朋友们约在唐人街吃晚饭，面对菜单上那些大多从未听过的食材和菜肴，随机地点菜尝试。我记得自己很喜欢被一丝丝芋泥包裹油炸的芋泥香酥鸭，还有上面盖着云一般的蟹肉泥的翠绿蔬菜，但我其实根本不清楚自己在做什么。有时候我会犯后来才意识到的"中餐馆大错"：点套餐。这些套餐几乎无一例外地充斥着中国人几乎不吃的"傻瓜菜"，但我压根儿不知道自己错过了什么，对面前的食物相当满意。

直到后来，我在中国旅居了比之前长得多的一段时间。在那一年半里，我在四川大学学习中文，接受了专业厨师的烹饪训练，还漫游了全中国。之后再度归国，唐人街才成为我伦敦生活不可或缺的部分。我已经开阔了眼界，见识了中国地方菜系无穷无尽的多样性，以及整个中餐烹饪文化的博大精深。我在伦敦家中也会做川菜，总是很想说普通话，在各种意义上渴望着中国的一切。我去唐人街购买食材，还找到几个在川大时交的朋友，他们分别来自加拿大、意大利、俄罗斯和英国，都住在伦敦，我们一起在唐人街享受悠长的点心午餐。

唐人街是家，也不是家。是，我们是可以吃到某个版本的中餐粤菜，用生硬的普通话与粤籍服务员交谈。那里的杂货蔬菜店和鱼贩子是重要物资的来源，包括基础调味品和偶尔可得的珍品，比如稻壳和泥巴包裹的皮蛋（从中国送来时，它们被装在装饰着龙纹图案的陶土大缸里，后来因为欧盟的相关规定，这种运输方式被取消）。但香港和南粤离四川太遥远了，饮食习惯也大相径庭。唐人街根本没有一家正宗的川菜馆。以前，中餐在我心中是个笼统的概念；现在我则明白，粤菜只是无数不同风格菜系中的一种。我想念自己在四川省爱上的那种菜系。

彼时我已经对花椒上了瘾，但唐人街出售的花椒陈腐发霉且滋味全无，像受潮的炮仗一样毫无亮点，而非天空中明艳的烟花。更遑论有四川辣椒售卖：唯一的辣味豆瓣酱是李锦记的香港版本，用倒是能用，但缺少正宗郫县豆瓣酱那种幽深的香味。我想买芽菜，即咸中带酸、皱巴巴的腌菜，是干煸豆角和担担面中的灵魂配料；售货员会给我"指路"，叫我去买豆芽，因为四川以外的中国人也把"豆芽"叫做"芽菜"。无论是沟通还是烹饪，唐人街的通用语言都是粤语，很少能听到普通话。我在英国遇到的少数几个四川人都得"自给自足"——每次回乡都要在行李中塞满香料，或者靠成都朋友投递"爱心包裹"。

也是在这个时候，我开始了自己作为美食作家的第一份工作，为《闲暇》城市饮食指南年刊评论中餐馆。粤菜占据了中餐馆产业的大半壁江山，这叫我这个已经被热辣刺激的川味惯坏的人十分沮丧。而唐人街甚至不是伦敦吃粤菜的最佳去处。嘴最刁的香港人更喜欢去城中环境较好的地区，找那么特定的几家粤菜馆就餐。但唐人街仍有很多令我兴奋的地方。比如"五月花小菜馆"，他们会细细打量你，看你不是那种喝醉了酒之后气势汹汹想来找茬的常客，就会给你一碟自制的泡菜和一碗糖水；江记，一家逼仄的小饭馆，特色菜单叫人激动不已，上面有大蒜莲藕慢炖鸭、豌豆芽加干贝酱；还有兴隆咖啡馆（Hing Loon café），他们家的五香鸭心叫我叹而思蜀。

不过，唐人街的餐馆常常把最好的菜藏在西方人从来不看的中文菜单上。如果你能读中文，就能在那份菜单上找到需要一定"进食技术"的骨头、丰满油滑的肥肉和脆韧的软骨；臭咸鱼和带壳的大虾；皮蛋和苦瓜。在中国旅居那么些时日之后，这些正是我想吃的东西；我也尝试着鼓励《闲暇》的读者们去试一试这些菜。但通常情况是，我点了比无骨炒鸡或香酥鸭更有挑战性的菜品之后，服务员会劝我放弃，引导我去点那些千篇一律的套餐，那是中国人绝不会点的。

"你们怎么不翻译一下这些最佳菜式呢？"我仔细研究着那诱人的中文特色菜单，并这样问道。整个唐人街的服务员都会告诉我，如果给西方人端上中国人最爱吃的那类菜，他们通常都会找麻烦。带骨肉和软骨常让他们抱怨连连，他们还会把带壳的大虾送回厨房；如果鸡肉还有骨头，而且骨头周围的肉还带点粉色，他们会惊骇不已；服务员端来肥肉，他们会说这是廉价猪肉，指责餐厅诓骗顾客。一次，我在发表的文章中大肆宣扬了一番潮州卤鸭配卤水豆腐，据我所知，这在伦敦可谓独一无二。等我再去那家餐厅时，这道菜已经从菜单上消失了。我找服务员询问原因。"西方佬抱怨菜里有骨头，还有分量太小，"他对我说，"太麻烦了，不值得。"

一位唐人街资深女服务员告诉我，非华裔的客人会在吃完饭之后假意抱怨，并拒绝为他们认为"不能接受"的菜品埋单，这是个经常出现的问题。在唐人街的餐饮界，吃了饭之后拒绝付钱的行为被称为吃"霸王餐"。我就在个人最爱的中餐馆之一"五月花小菜馆"，目睹过一次邻桌做出这种行径。一对穿着考究的年轻英国情侣，晚餐已经吃完了，却抱怨说餐食不值菜单上那个价。与服务员争论之后，他们拂袖而去，说他们留下的钱就是自己心中这顿饭真正值得的价格。后来我和那位服务员聊天，他受伤又愤怒，生着闷气："如果是在法餐厅，他们肯定不会这样做，对吧？为什么在这儿撒泼呢？"

服务员们大多被这类"暴君"式的粗鲁行径搞得心力交瘁，而且反正说起英语来也很吃力，干脆就放弃了向西方人推销正宗的中餐。像我这种能够看懂中文也有正宗中餐饮食经验的人，还有那些有中国朋友或伴侣的人，都能在唐人街吃得很好。有些人可能热衷于尝试有趣的菜式，却对中餐知之甚少，也得不到服务员的鼓励和帮助，他们想体验美食就要难一些。点一顿精彩的中餐，需要经验和了解；要让菜品讲究"天时、地利、人和"，达到和谐圆满，这是一种艺术。正宗中餐的有些方面对外人来说天生便是一种挑战，比如欣赏欧洲饮食传统中并不存在的"口感"元素。除非西方人能学会吃带骨肉、软骨和凝胶感的海鲜，不然就免不了对一些昂贵的中餐感到厌恶或困惑。〔中英菜单分开可能会显得"很懒"，苑明（Yming）中餐厅的老板丘玉云（Christine Yau）如是说，但也是为了让西方顾客方便舒服。〕

不知何故，1990 年代，在越南菜、日本料理和泰餐重塑伦敦对亚洲餐饮的认知时，中餐却陷入了一成不变的困境。也许原因很简单，就是中餐和所谓的印度"咖喱"一样，是最早来到英国的亚洲美食之一，并且在中餐全球化之前就被迫调整以适应英国人的口味。中餐厨师和餐馆老板们做出了一些妥协；这些妥协也许在过去是必要的，但被封冻在时间之中，没能跟上不断变化的口味。而事到如今，尽管唐人街有正宗的中餐，但由于文化差异和彼此偏见形成的僵局，仿佛大局已定，往往只有华裔客人才会喜欢这些菜肴。

有太多的英国佬仍然认为中餐是廉价的垃圾食品，或者是有着可怕的异国情调。一些新认识的朋友听说我对中餐感兴趣，问我的第一个问题往往是："你吃过的最恶心的东西是什么?"2002 年,《每日邮报》刊登了一篇臭名昭著的文章《呸!切个屁!》,告诉读者们,"中餐是全世界最靠不住的食物。做中国菜的中国人会吃蝙蝠、蛇、猴子、熊掌、燕窝、鱼翅、鸭舌和鸡爪……点中餐外卖的话,你永远也不能确定筷子夹起来的、渗着水加了荧光色素的东西到底是什么。回想一下你上次点的粤式糖醋咕咾肉吧,你真的确定它们不会在黑暗中发光吗?"这篇文章触犯了众怒,中餐馆的老板们游行到报社门口进行抗议。英国,一个不久前还因为糟糕饮食在全世界臭名远扬的国家,竟然会这样看待世界上美食文化最博大精深的国家的饮食,这在我眼里实在是不可思议。

也许《每日邮报》那篇文章是针对中餐旧有偏见的最后一声哭喊,因为在那之后的十年,一场"革命"悄然兴起。英国人的口味更加大胆冒险:由邱德威(Alan Yau)开创的"客家人"(Hakkasan)中餐厅于 2001 年开业,更让中餐的形象光辉起来,并助力点心"鲤鱼跃龙门"般跳出了贫民区。中国经济的崛起、衣着光鲜的中国大陆富人出现在伦敦,这些都在整体上提高了中国文化的地位。英国旅行者的足迹也开始遍布中国,他们回来的时候,对正宗的中餐充满兴趣。

在唐人街,很多移民二代的粤人已经不干餐饮了,中国的开放也掀起了新一轮的移民潮和游客热,他们来自福建和其他省份。在唐人街的语言系统中,普通话开始与粤语抗衡;不同的地方菜系也开始渗入粤菜馆的后厨。川菜大行其道之外,还能找到上海小笼包、台湾卤肉饭、北方包子和一系列的福建与东北风味菜肴。尽管千篇一律的套餐菜单和秘密的特色菜单依然存在,但要找到一盘盘"辣椒火海"中的麻辣味肚条、鸭舌和滑溜溜的海鲈鱼,已经并非难事。中国地方菜系的多样性之惊人,也许唐人街仍然只处在其边缘,触碰到一点皮毛,但也算是有长足发展了。

最后,对于像我这种长期接触不到优质中国特产的"厨子",最令人激动的莫过于食材的供货有了爆炸性的增长。曾几何时，唐人街杂货店的调味品只能满足粤菜厨师的需求；而现在，光正宗的四川豆瓣酱就有六个牌子，任君选择，还可以买到绍兴霉豆腐、潮州橄榄菜和山西陈醋。曾经难得一见的蔬菜已经随处可见：蒜薹、新鲜荸荠、百合与韭黄。最棒的就是"毛记农场商店"（Mrs. Mao's farm shop），就是在一堵墙上开了个洞，售卖中餐里经常要用到的蔬菜，都是在毛太太自己的小农场种植的有机菜。她的农场位于有"英格兰后花园"美誉的肯特郡。居家进行中餐烹饪的可能性，如今是无穷无尽了。

中餐点菜，是门儿艺术

（发表于《金融时报周末版》，2019年9月刊）

在中餐馆为一群人点菜，最好是做个"独裁明君"。一顿好餐，需要各种形成鲜明对比的元素达到和谐共存；食材、味道和口感都要多样，让人食指大动。如果一群人里每个人都只顾点自己想吃的菜，最终这一桌子菜会呈现一边倒的混乱局面：好几道有鸡肉的菜、好几道油炸菜，或好几个糖醋味型的菜。这些菜肴单吃可能都挺美味的，但合在一起，可能就过犹不及，或者单调腻味。

一顿好的中餐，就像一部上佳的音乐作品，高低起伏、光影交错，温柔的旋律和激昂的节奏交相辉映。各种菜品达到完美的平衡，对味蕾的刺激抚慰交替出现，绝不会让人起腻而倒胃口。这样的一餐应该是一场让口腹与心灵都无比愉悦的感官之旅。正如最近一位资深川菜厨师对我说的，在一场宴席上，佳肴大菜总要与不那么起眼的小菜穿插上桌："要是每道菜都是那么引人注目，就没有哪道能真正给食客留下深刻印象了，对吧？"

达成平衡和多样性，极力避免重复，这样的关键性原则同样适用于食材、烹饪方法、颜色、风味、形状和口感。就算在以麻辣火热菜肴闻名的四川，一顿合宜的餐食之中，除了那些让你双唇麻刺、肺腑起火的菜肴，也得有白米饭、汤和蔬菜。多年前，我在西班牙北部的"斗牛犬"餐厅（El Bulli）和川菜名厨喻波共进晚餐，那是当时全世界最前卫的餐厅。喻波惊讶地发现，即便在这样一家餐厅，菜肴都是"物以类聚"的：所有的海鲜先上，接着是肉类和野味，最后是所有的甜味菜肴。如果放在中餐的语境下，这样就没法将相似的食材分而用之，再使其穿插交汇了。

中国文化尤其注重饮食，这反映在对烹饪无限可能性的关注上。此外，在中国的美食宇宙中，愉悦与健康一直以来都是密切相关的。一顿大餐，要称得上一个"好"字，不能光有刺激唇舌的口味，还要讲究健康养生。我曾经和一位马来西亚华裔朋友一起去英国国宝级大厨赫斯顿·布鲁门撒尔（Heston Blumenthal）坐镇的"肥鸭"餐厅（Fat Duck）。那顿饭妙极了，十分美味，想象力丰富得令人难以置信，菜品中蕴含着巨大乐趣。但我们在连吃了几道美妙甜品后因为摄入糖分过量而昏昏沉沉，我的华裔朋友说，最后这几道菜都是浓郁、甜蜜而沉重的。"如果是中餐宴会，"她说，"就算有四十道菜，收尾也是喝一道清淡的汤，或者吃点新鲜水果，这样你才能舒服地回家去睡个好觉。"

那些最受赞誉的西餐，似乎通常只会着重去取悦味觉，忽略了健康和平衡。消费时尚摇摆不定，一会儿倾向于可能引起痛风的过量饮食，一会儿又追求赎罪式的粗茶淡饭：今天暴吃一顿淋了荷兰汁的牛排，还要配上"三制薯条"①和巧克力熔岩蛋糕；明天就变兔子，吃生羽衣甘蓝和藜麦拌的沙拉。而在中国，你可以在一餐中放纵自己暴饮暴食，也能同时吃下"解药"。老话说得好，"医厨同道"，"药食同源"。

正因如此，中餐中很多菜肴都朴素低调，中文有个词形容这类菜："清淡"。"清"字的含义有"清晰、安静、纯粹或诚实"；"淡"字可以解释为"轻巧、虚弱或黯淡"。"清淡"一词翻译成英语通常是"bland"（乏味）或"insipid"（无味），这听着就没意思：谁会点一道"insipid"

---

① 三制薯条（thrice-cooked chips），经过三次烹调做出来的薯条，由于经煮熟，再炸两遍，外皮十分香脆。

菜啊？大多数西方人进了中餐馆都不会点比较清淡的菜，因为和令人眼花缭乱的鲜艳红油、糖醋酱汁和油炸饺子比起来，清淡菜显得黯然而沉闷。它们的确如此，但关键是本该如此啊！西方人对中餐所持的态度中有一大讽刺，就是他们通常会点中餐菜单上那些糖醋、咸味和油炸的菜，转头又抱怨中餐不健康，吃完第二天搞得人"腹胀恶心"〔这个形容出自最近纽约餐厅"好运李"（Lucky Lee）的初期宣传，引发很多批评①〕。要判断一家中餐馆的主要目标客户是否西方人，有个万无一失的办法，就是看菜单上是否缺少清淡的菜肴，而只着重于吸引眼球、麻辣鲜香的食物。

吃中餐，要安排出个好菜单，需要深思熟虑。为了达到最佳效果，需要尽量避免主要食材的重复，菜品要囊括一系列不同的肉类、海鲜、豆腐和蔬菜。煎炸的菜肴焦香干爽，与之平衡的话，就要点个汤或者液体含量较高的菜。除了炒菜之外，最好考虑点一些煮菜、烧菜或蒸菜。吃了含有丰富深色酱汁的红烧菜或辣菜这些重味之后，调味清淡的蔬菜能让唇齿清爽。糖醋味型或加了豆豉酱的菜，不要超过一道。如果一道菜中的主材被切成了细丝，也许下一道就应该是切块或切丁。要"善待"稀薄而清爽的汤和简单的绿色蔬菜：它们单独吃可能比较平淡，却能够衬托那些比较吸引人的风味（而且还能避免重复单一）。

即便是最简单的一餐，也可以将各种对比鲜明的元素进行平衡：白米饭、一道美味的肉蔬组合、一份清口的汤（可以很简单，比如直接用把米煮到半熟得到的米汤），再来一小碟辛辣的泡菜。而宴席上就可能会有多种多样、令人眼花缭乱的菜肴。（难怪很多中国人觉得，一顿饭只嚼一块肉、只吃一堆土豆，也太单调乏味了。）

---

① 2018 年，白人营养学家哈斯佩尔在曼哈顿开了"好运李"（Lucky Lee）餐厅，店名来自她的犹太裔白人丈夫，他刚好姓 Lee。该餐馆宣称要为食客提供"干净的中餐"，认为传统中餐不健康、不清洁。种种言论引发了各方争议。

过去，由于语言障碍和极为糟糕的菜单翻译，不懂中文的人遭遇了严重的阻碍。如今，配有菜品照片的菜单流行起来，让点菜变得容易多了，因为你可以看到一道菜大致的样子：干还是湿；辣还是淡；是辣椒红、酱油黑还是新鲜绿；是厚重还是雅致。当然，点菜是一门艺术，磨炼技巧需要时间和经验。不过，只要考虑到平衡和多样性这两个原则，就有可能构建一个比之前愉悦得多的菜单；比起让每个人自由发挥，这会让你和你的客人饭后更为舒服。

我说过，掌握了在中餐馆点好一桌菜的技能，是我人生中最自豪的成就之一。这话是半玩笑半认真的。我为晚宴或在餐厅里计划中餐菜单时，首要的考虑就是客人们：他们是什么样的人？会喜欢什么菜？他们是渴望冒险，还是已经筋疲力尽只想舒适为上？他们会更偏爱丰富强烈的风味，还是更为清淡的味道？他们是中国人吗（有些元素，比如一道清淡的汤，对中国人的口味来说是更重要的）？当然，还要考虑到他们有什么不喜欢吃的、忌口或者过敏？如果大家身在中国，我也会考虑当地的特色菜以及时令——可能会问一下服务员餐厅目前有没有什么当季菜限时供应。

我通常会先打个草稿，写下可能的菜品清单，然后在脑海中勾勒出每道菜的味道，试着想象这些菜摆在一起会有什么样的效果。接着我会剔除那些可能有重复风险的菜；如果觉得需要对比中和，就再加上别的。如果我不了解当前的餐厅，又要为一大群人点菜，就会尽量比客人早到一个小时，这样就可以通览菜单（一般来说都很长），不慌不忙地点菜。如果我和大家同时到达，朋友们通常会自己点一些酒水，把菜单扔给我，他们明白，在我准备点菜之前，都不会理他们。带"吃货团"在中国旅行，就更具挑战性了，因为我希望每顿饭都能有迷人的新风味和烹饪主题登场，而重复则尽量少，可以少到忽略不计：这就像在美食餐桌上谱写瓦格纳的歌剧《指环》（*Ring Cycle*）。我的希望是人人都觉得食物美妙得无与伦比，而我筹划这桌菜的努力则能够"事如春梦了无痕"。

我明白，大部分人不会像我这么痴迷中餐。但应该记住的是，只要在点菜时多花一点心思，你的中餐饮食体验就可能有极大改变。我不会忘记，一个朋友去我特别喜欢的一家本帮菜馆吃饭，但并不喜欢，因为他发现菜品都颜色棕黑、味道很重。我坚持马上带他回到那家餐厅，用心地点了菜，用更为清淡雅致的口味来平衡本帮菜里"浓油赤酱"的著名美味红烧菜品。如我所料，他的看法发生了一百八十度的大转弯。同一个餐厅，同一个食客，两极分化的评价：奥妙全在点菜之中。

在中国吃奶酪

（发表于《金融时报周末版》，2011 年 5 月刊）

午饭时间，在中国古城绍兴最著名的餐厅咸亨酒店的包间里，我打开那些从伦敦万里迢迢带来的密封塑料盒，农场自制奶酪隐隐的臭味逐渐飘散开来。围坐桌边的中国厨师和服务人员警惕地看着那些奶酪。只有那两个比较年轻的厨师以前算是见识过奶酪（也就是在上海一家酒店接触过一次，还是那种"安全无害"的包装奶酪）。其他人，包括经理和咸亨酒店的行政总厨茅天尧，都从来没有品尝过任何种类的奶酪。

奶酪并非中国人喜闻乐见的食物。这么说算是委婉的了。自古以来，乳制品都被认为是住在国土边疆地区游牧民族的吃食，而这些民族的人们当时则被视作可怕的"野蛮人"。汉族人，除了少数引人注目的例外，基本完全不吃乳制品：无论曾经还是现在，都有很多汉族人乳糖不耐受。近几年来，在西方生活方式的影响下，中国的父母开始让孩子喝牛奶，这个群体的购买力促使全球牛奶价格飙升。然而，在人们的普遍认知里，奶酪依然是一种"化外之物"。少数讲究的上海人也许会吃斯蒂尔顿蓝纹干酪，就像也有讲究的伦敦人吃牛肚和肥肠；但很多人都从未尝过奶酪是什么滋味。人类学家安德森（E. N. Anderson）访问的一个中国人说奶酪是"老牛一些内脏中分泌的黏液，任其腐烂而成"。

然而，如果说中国人不屑于欧洲人喜食的臭奶酪，他们自己却也喜欢一些会让外国人惊惧的臭味食物。离浙江省会杭州只有一小时车程的绍兴，最著名的特产是黄酒，但也是中国的"臭霉菜之都"。我第一次去绍兴是为了品尝黄酒，但多去几次之后，就迷上了那里的臭霉菜：不仅包括名声相对较大的霉豆腐，还有"霉千张"（用豆腐皮制作），以及各种带腐烂味道的蔬菜。所有的臭霉菜初尝都令人震惊，那味道粗犷朴素、湿润刺激，如同穿旧的袜子，但又有种奇怪的吸引力，特别叫人上瘾。"霉千张"让我想起一种高度熟成的斯蒂尔顿奶酪最接近外皮的那部分，黄色的、沙沙的、脏兮兮的，味道直冲你的鼻腔，却无比美味。总的来说，我认为这些霉菜佳肴的奇异风味和难闻香气带来的感官体验，与熟成的臭奶酪一般无二。

我数次前往绍兴，总会想，当地人如此热爱霉豆腐和霉菜梗，那么对发霉的牛乳（别名"奶酪"）又会有什么看法呢？最终，在2010年的春天，我把一箱来自伦敦传统奶酪店"尼尔牧场乳品"（Neal's Yard Dairy）的手工奶酪带到绍兴，其中包括那家店里最臭的一款。我的选品有比较温和的马尔岛硬奶酪（Isle of Mull），想先让大家试试水；斯蒂切尔顿（Stichelton），一种未经消毒的斯蒂尔顿奶酪；颜色灰白、能看见脉纹的哈考特蓝纹奶酪（Harcourt Blue）；阿德勒汉（Ardrahan），一种洗浸奶酪，臭味相当浓郁，我非常喜欢；米林斯（Milleens），也是一种洗浸奶酪，味道很冲，带着农场的感觉，在熟成过程中会逐渐形成隐隐的氨气味；最后是臭味很狂野的莫城布里干酪（Brie de Meaux）。我这一路走了一个星期，等到绍兴时，各种奶酪都熟成得正正好，有的已经开始渗出液体。

在咸亨酒店，服务员把奶酪切成小块，聚集在一起等着品尝的人们纷纷拿筷子夹起奶酪，先闻再尝。奶酪和臭味豆制品之间的共同点让我惊讶，而面前这些餐饮专家则立刻注意到两者的不同。"虽然奶酪和霉豆腐的风味在某种程度上是类似的，"茅天尧说，"但霉菜类食品是非常清口的，味道很快就消散了；而乳制品很腻口，完全包裹住你的舌头和味蕾，余味很长，挥散不去。”

另外两位厨师说奶酪有很重的膻味。“膻”在中文中自古有之，南方人用以描述那些与北方游牧民族相关的、略微难闻的味道。“蒙古人和新疆人身上就有这种味道”，一位厨师闻着哈考特蓝纹奶酪，如是说道。另一位说这奶酪“闻着有一股俄国佬的味道”，接着补充说：“区别在于，中国人吃的臭东西只会让他们的口气发臭，而臭味乳制品会影响从皮肤上渗出的汗水。”（很多中国人都说他们能从西方人的汗水中闻到牛乳的味道。）

中国腐乳（绍兴叫做“霉豆腐”）是一种风味浓郁的小食，可以直接食用，也可以做酱料和腌料。它总让我想起熟成的蓝纹奶酪，特别是洛克福；但这些面前摆着一块美丽的斯蒂尔顿、正在品尝奶酪的绍兴人，对我的看法表示不敢苟同。“的确有种丰富的鲜味，”陈菊娣师傅说，“但也有一种苦苦的后味，我们这个地方的人是绝对不会喜欢的。”“很细致，很软和，但有点腻，”孙国梁师傅说，“我个人是忍得了，但那种很重的奶味和膻味，我觉得在这儿不太能卖得出去。”有好几个人都很排斥“马尔岛”的那股酸味，而我偏偏以为这一款是最温和无害的；他们还不能接受这款奶酪涩涩的余味。“我们的霉千张就没有那种酸味。”茅天尧说。

他们觉得最可口的奶酪，一是哈考特蓝纹（“这个很接近绍兴的口味，”茅天尧说，“不苦也不酸，也比较清口。”），二是米林斯。这让我很惊讶，因为这款奶酪味道很重，散发着一股氨气味，我怀疑那些已经习惯了超市售奶酪清淡气味的欧洲人，可能都会有点接受不了米林斯。“我觉得这儿的人应该能受得了这款奶酪。”茅天尧说。“有一股很不错的咸鲜味，也不算太臭、太酸或太苦，”陈信荣说，“这个我不觉得臭。”

唯一真正让席间各位惊惶不已的，是布里奶酪。“有种动物的腥臭味，太冲鼻子了。”戴建军说。“这肯定是最臭的，”茅天尧说，“我真是受不了。"在座的大部分人都同意这个评价。只有厨师孙国梁很喜欢布里，"味道很复杂，就像臭豆腐、霉千张和霉豆腐混合在一起。"

　　把奶酪作为"头盘"品尝（看在座各位的反应，我很难说这头盘是"开胃菜"）之后，我们又品尝了一些绍兴当地的臭霉菜，以做比较。我不得不同意他们的观点：尽管"蒸双臭"（臭豆腐和臭苋菜梗）有一股叫人闻而生畏的强烈气味，但吃到嘴里其实是很清口的，爽朗如钟铃脆鸣，嘴里那股味道很快就消散了，不会像奶酪一样，奶味在唇舌间久久缠绵不去。一块块的霉豆腐也是，即便有乳脂一样的口感和味道，却不会多做停留，味道很快就消失了，留下空间供你去品尝之后上桌的清淡汤羹和炖菜。作为一个热爱奶酪的人，这顿饭吃到最后，我也逐渐明白，为什么绍兴人会对布里奶酪嗤之以鼻，转头又对臭味能弥漫整个街区的臭豆腐乐此不疲。不过嘛，我也对一个问题着迷起来：琥珀色的绍兴特产黄酒味道醇厚，与当地这些臭霉菜的发酵风味相得益彰，如波特酒配斯蒂尔顿奶酪一样，实乃天作之合。也许，下次的品尝会，我应该召集一群欧洲的品酒行家，摆上一桌子绍兴黄酒和奶酪……

中式餐配酒

（发表于《金融时报周末版》，2020 年 1 月刊）

鼠年到了，辞旧迎新的方式只有一种，就是来一顿丰盛讲究的年夜饭，最好吃完了再在午夜放上一阵儿烟花爆竹。在中国的农村，传统的家庭年夜饭通常会有大量的猪肉，由某头家养的猪贡献；在特殊仪式之下宰杀一只公鸡，做成鸡肉菜；一条整鱼；以及各种其他的菜，总之尽量做到丰盛。年夜饭之后就是持续好几天，甚至好几个星期的吃吃喝喝、串门儿社交。不过，吃这些大小年菜的时候，喝什么呢？一直到不久前，最可能出现的答案都是大人喝高粱酿制的高度白酒，孩子就喝软饮。但越来越多的中国人，尤其是城里人，都开始倾向于在特殊场合喝红酒。

今年，中国有望成为全世界第二大葡萄酒消费国，紧随美国之后。这依然是个小众市场：人均消费额还是很小（中国在此项目上的世界排名只是第三十六名），但的确在增长。而一些跨国葡萄酒公司也将注意力集中在中国，很多都在努力解决一个问题：找到葡萄酒与中餐的最佳搭配。这些公司常常会举办一些活动，来探索食物和葡萄酒搭配的可能性。探索中采取的方法论往往是一致的，都是取自西方的配餐惯例：对每道菜进行单独考量，为其寻找合适的葡萄酒来搭配。

在北京附近就举行了这么一次餐配酒的会议，我是某个评判小组的一员，很多同仁都是中国的葡萄酒评论作家和侍酒师，我们大家的任务是要为特定的菜肴寻找完美搭配的葡萄酒。我们大口吃着加了精致绿色酱料的炒大虾，分别搭配了十几款不知名的葡萄酒，看哪一款能达到惊人的和谐，哪一款又格外不搭调。接下来还有三道菜——北京烤鸭、宫保鸡丁和凉菜卤鸭肝，同样的过程再重复三遍。其他评判小组每个都由中西专家共同组成，他们坐在其他桌，面前是和我们不同的经典菜式，做的是和我们一样的事情。最后，有人对我们给的分数做出综合统计，得分最高、与每道菜最搭配的酒被授予奖杯。这场餐酒会让我们有很多发现，比如香槟很配粤式点心、雷司令搭着宫保鸡丁喝特别美味。

这样的活动叫人着迷，但真的有用吗？在真实的中餐桌上，翡翠大虾、辣子鸡和有着油亮外皮的鸭子很可能同时出现，还有炒时蔬、咸味的汤和其他菜肴，五花八门，琳琅满目。客人们会品尝到极其丰富的味道，每一口都跟前一口有所不同，那么知道每一道菜和某一款特定的酒搭配得很好，又能有什么大用处呢？人们围在一张大桌子前吃饭，每人面前同时摆六个八个酒杯随时品尝，这种可能性是微乎其微的；更不用说要给每一道菜搭配完美的佐餐酒，需要多大的耐心与协调能力。

正如华人酒业专家王孜（Janet Z. Wang）在著作《中国葡萄酒的复兴》（*The Chinese Wine Renaissance*）中所解释的那样，中国自古以来就在进行葡萄酒的生产。然而，现代葡萄酒饮用文化在中国还处于起步阶段。那么，渴望探索葡萄酒与餐食搭配可能性的中国人，是否应该就此向相关经验丰富的西方学习呢？很多葡萄酒推广者似乎已经得出了肯定的答案。然而，中国有独特的饮食文化，而且对西方葡萄酒佐餐的惯例构成了十分具体的障碍。

首先，大部分中餐的上菜方式都是"家常式"，而不是分成头盘、主菜等按顺序上桌，所以人们时刻都要同时面对多种多样味道各异的菜肴。所以，即便黑皮诺与你正用筷子夹着的那片烤鸭是完美搭配，那又如何呢？你的下一口可能是一块清淡的蒸鱼。饭菜越好，菜品种类就越会丰富得撩拨神经：一场正式的中餐宴席，至少会有八道热菜，加上多个开胃小菜和小吃。真要一道菜配一道酒，那简直难于登天。常驻北京的葡萄酒评论作家、《金融时报》中文网撰稿人谢立认为，上酒的时机也是个大问题。"在中餐厅，很多菜品都是以很快的速度接二连三上来，一齐摆在桌上，所以如果你不慌不忙地喝一杯酒、尝一道菜，其他的菜就凉了。"

给某些特定菜系搭配葡萄酒，又会出现很具体的问题：比如口味普遍偏重的川菜，川菜馆的菜单上一般会有很多种菜品；除此之外，很多菜本身就是"一菜多味"，结合了甜、酸、咸、辣和坚果味，狂野刺激，很难搭配。含有单宁酸的红葡萄酒尤其容易与辣椒之辣相冲突。另外，如果花椒的麻味在嘴里尽情跳跃，谁又能真诚地说自己还能充分欣赏一款上乘的葡萄酒呢？

还有很重要的一点：在西方饮食中，葡萄酒常常被用来平衡弥补一道菜的某一个特质。乳脂质地或油脂含量高的菜，有时候急需葡萄酒的酸度和涩度来中和菜品的浓郁；甜葡萄酒的酸味可以让一道甜品吃起来不那么腻人；吃牛排或薯条这种比较干的菜时，也可以搭配葡萄酒作为饮品，爽口提味。然而，一个精心设计的中餐菜单本身就暗含了充分的和谐与平衡：比较干的菜肴通常会搭配汤羹以清口；辣菜会与清淡菜相辅相成；油炸的美味会配一碟爽口醋做蘸水；让感官得到极大满足的肥厚肉类会搭配鲜嫩的蔬菜……如此种种。

就算只上一道菜，其本身的整体和谐也通常是经过了深思熟虑的。以北京烤鸭为例：多汁的肉、油亮的皮，会配上脆嫩的大葱丝以"解腻"、甜面酱以提味、白味的薄面饼以调和其浓郁。用葡萄酒佐中餐可能也不错，但从饮食的角度来看几乎没什么必要。

另外，很多味道清淡低调的中餐菜肴，本就旨在突出上乘食材的本味，比如我们在餐酒会上品尝的炒大虾。这种味在微妙的菜肴如果配葡萄酒，可能就品不出什么味道了：那些大虾低调谦和、美味多汁，但就算是那组葡萄酒中味道最温和的，也会把它们冲得完全无味。这种情况下，一道清汤与其作配，也许才是良缘。从更普遍的意义上说，很多粤菜和华东地区的菜肴都崇尚简洁精致的优雅，强加上风味过于浓烈的葡萄酒，可能就毁了。

还有个简单直接的情况，就是每个人的口味也不同。我参加过很多中西同仁济济一堂的餐酒会，每一次会上都会出现大相径庭的搭配意见，通常与文化差异有关。在前文提到的北京餐酒会上，评委们为糟熘鱼片该搭配什么酒争论不休：西方专家偏爱一款酸味较强的白葡萄酒，与这道菜温和的甜味形成对比；而中国专家则全体倾向于一款甜白，与菜肴琴瑟相和。类似的情况时有发生。最近，我的一位中国朋友开了一瓶加拿大甜冰酒来配北京烤鸭，他认为这瓶酒冰爽甜蜜的果味与烤鸭是完美搭配，而很多西方专家则认为与烤鸭最搭的葡萄酒是黑皮诺。

总体上来说，中国人会比较偏爱单宁含量高的波尔多干红，西方人则认为这种酒和中餐产生了激烈的味觉冲突，不管是狂野辛辣的重庆江湖菜，还是南粤地区精致美味的海鲜。波尔多干红受到青睐的原因，也许是因为声望在外（在中国，"拉菲酒庄"已经成了奢侈品的代名词之一），也许是因为红色在中国文化中象征着好运与欢庆，以至于它们与中餐的搭配程度倒不一定是考量的重点。在中国的好些餐酒搭配会上，我都感到很困惑，因为被选出来与微妙清淡的地方菜肴搭配的系列酒品中，单宁含量高的红酒数量往往占了压倒性的优势。但是，如果说浓郁黏稠的设拉子红酒配炒虾在西方口味中性质如同"犯罪"，该做最后评判的究竟是谁呢？常驻上海的葡萄酒评论作家、Inside Burgundy 中文酒评网主编梅宁博向我指出，以中国口味来评判，西方人也犯下了很多令人发指的"罪行"，比如往好茶里加奶。

中国的风俗习惯和社交礼仪也与餐配酒的惯例"八字不合"。比较正式的一餐上，通常是用很小的杯子来喝高度白酒，要有例行的敬酒环节；如今，红葡萄酒也被以同样的方式饮用。随意饮酒被视作一种不礼貌的行为；相反，你必须要举起酒杯，向在座的一个或多个人敬酒，或等他们来敬你，才能喝一杯。这样一来，按照西方的规矩，在吃菜的同时自由地喝酒就变得很难，会被视作粗野行为。（在中餐宴会上，我几乎总会面对窘境：要么是因为多次被人敬酒而违背自己意愿，喝下过多的酒；要么被迫克制自己，不在吃菜的同时配酒喝。）

中餐饮食世界倒也有些地方性的特殊情况，呼应了西方的餐配酒概念。比如，在因为黄酒而享誉已久的华东城市绍兴，人们就嗜好"下酒菜"，其中包括一些风味浓郁的小菜，比如茴香豆和豆腐干。这些小吃就像英国酒吧里提供的薯片和炸猪皮一样，能叫人吃得口渴，和酒搭在一起吃喝，相当惬意愉悦。中医的理念也为餐中饮酒提供了一定的"准入空间"：比如，上海周边的江南地区盛产著名的大闸蟹，被视为"性寒"的食物，因此总要搭配"性温"的东西，包括姜、醋和绍兴黄酒。

然而，总体上来说，西方的餐配酒惯例仍然可能将一种并不符合中国传统的饮食模式强加于人。将葡萄酒与特定的菜肴搭配，这就意味着菜要一道道地分开上、分开吃，中国人凭什么就要认为这种进餐方式上流精致呢？大多数获得西方标准下最高荣誉的中餐厅（包括首个获得米其林三星的中餐厅香港龙景轩）都设有品尝套餐，可选佐餐酒。随着中餐厨师们对米其林等全球性口味裁决体系的意识逐渐提高，他们是否应该担心侍酒师和酒单的缺席，会影响他们获得认可的几率呢？（有趣的是，在西方推广白酒的人们很少努力去劝说西方人按照中国的规矩来一轮一轮地喝白酒：他们只是一心想让大家把白酒用来调鸡尾酒。）

到了这个地步，也许该采取新的办法了。在中餐环境下，实在不应再想着一款葡萄酒和一款菜肴这种搭配了。葡萄酒评论作家谢立选择在自己的社交生活中做一种妥协："我和朋友们喜欢把我们的葡萄酒分成几组，从轻到重、从白到红、从干到甜。然后我们会点几道中餐菜肴来搭配每一组酒，尝上一轮。如果有某款酒特别配某道菜，我们可能会稍微提一句，但不会过于认真。"

在那场北京的餐酒会上，梅宁博对一群听他讲话的中国葡萄酒爱好者们说，不要被西方那些餐配酒的教条吓倒。"这些理论对中国人来说没什么用，"他说，"你并不一定要用红酒配红肉……你可以做得不一样。西方人开始从中国进口茶叶的时候，不也是这么做的吗？他们把中国的饮茶传统进行了自适应的调整。我们也应该对葡萄酒做同样的事情，按照中国的体系和标准来运用它。我们不要再去想每道菜要搭配不同的酒了，简单点就好：一张桌子上开几款葡萄酒，随心所欲地去品尝，就和吃中餐一个样。"

从个人的角度出发，我同意葡萄酒佐中餐的唯一合理方式，就是将其作为饭桌上的另一道"菜"。中国人吃饭的时候，通常会试试这道、尝尝那道，来形成自己的味道与口感序列。如果你刚刚吃了一点儿浓油赤酱的红烧五花肉，接下来可能想来点儿清淡的炒青菜；如果你吃了一个口味温和的炒虾仁，后面也许想来一大块糖醋鱼；干拌面也许需要一口汤来送下肚去。关键是要接连不断地制造令口腹愉悦的对比：清淡对浓烈、干对湿、辛辣对温和……这样味蕾才不会疲累。

本着这种精神，我可能会在那浓油赤酱的五花肉之后，啜上一口酸酸的白葡萄酒；或者在清淡可口的大虾之后，来一口果味浓郁的红葡萄酒。这样，葡萄酒就悄然进入了这个序列，为整体上的多样性和风味添砖加瓦。在葡萄酒的大家庭中，有一些会更适合这种办法：最好要避开单宁红葡萄酒和橡木桶白葡萄酒，因为前者会让味蕾紧绷，而后者的余味萦绕不去，影响之后吃的菜肴。味道平衡的微酸甜酒与中餐应为良配，也许是因为甜酸（糖醋）口味本身就是中餐桌上与其他口味互相唱和的常客。摆脱了搭配惯例，葡萄酒就像羹汤，单纯成为菜单的一部分，不需要打破中国的用餐习惯。

采取这种轻松方式的唯一问题，就是中国人不能那么执着于自己的酒桌传统：这一放松，可能也会被视为一种西化。然而，梅宁博那样的中国葡萄酒爱好者，似乎已经在朝这个方向发展了。在上海这座全中国最国际化的大都市，各类美食家都在发展一种中西合璧的葡萄酒习俗，就像他们在其他一切相关方面所做的努力一样。我曾与中国朋友在上海本地的餐馆相聚，以非常松弛的姿态吃着一桌子丰盛的本帮菜，同时品尝欧洲葡萄酒，大家都按照自己的节奏在喝。我也曾在伦敦见到具有国际视野的新一代中国年轻人，和他们一起享受上乘美酒配美味中餐的盛宴。

另外我还注意到，在过去几年中，我结识的那些中国超级老饕们越来越迷恋威士忌，苏格兰的和日本的都喝。事实证明，威士忌和中餐竟然惊人地搭配，尤其是和各种各样的辣味川菜放在一起，明显比葡萄酒或白兰地更好：那浓郁的芳香和强烈的酒精味，跟土生土长于中国的白酒具有某种共同的魅力。

让我们祝愿思想开放的年轻一代能一马当先，为中国的葡萄酒和其他酒精饮料找到充满自信的新道路，在尊重中国本身饮食传统的同时，也能自由享受西方的种种乐趣。这样的方式也可能为西方葡萄酒公司带来经济利益。正如宁博所说："这些公司全部都想在中国卖酒。但如果他们真的想让中国人掏钱买酒，就应该更努力地来适应中国的规矩。"

（中国成为世界第二大葡萄酒消费国的参考资料：*https://www.thedrinksbusiness.com/2017/03/china-to-become-second-largest-wine-consumer-by-2020/*）

中国慢餐

（发表于《金融时报周末版》，2010 年）

水波涌起，巨大的木水车转了起来，推动着一排石锤，打在下面大盆中深棕色的茶籽上，这是在做榨油的准备，而榨油机就摆放在这间屋子的另一端。油坊的空气闻起来很浓郁，有股坚果香。一直到距今很近的过去，冷榨茶油（英语中称之为"tea seed oil"或"camellia oil"）都是华南地区人民喜闻乐见的奢侈食材，但现在已经基本被工厂生产的、价格更实惠的色拉油所取代。在广大农村地区，老式榨油机被闲置一旁；在某些地方，丰收的茶籽甚至就那样放任不管，任其渐渐腐烂：对于农民们来说，采集茶籽榨油已经不再合算了。

以传统古法制作茶油，过程缓慢，耗时很长。从美丽的油茶树上摘下茶籽去壳，在阳光下晒干后捣碎成粗粉。粗粉过筛，在烧木头的炉子上干烤，把香气生发出来。烘烤后的粉末再进行蒸制，放进铺了稻草的铁环之中，压成饼状。最后一个环节就是冷榨：我见到的是两个男人互相配合，把茶饼一块块堆叠进用中空樟树树干做的巨大老式榨油机之中。等到树干中间基本填满，他们就把木楔打入缝隙里，先是用手，再借助天花板上用吊索垂挂下来的大重石。木楔子慢慢打进去，茶饼就被压缩，暗金色的油滴缓缓成涓流，进入摆在下面的陶罐中。温热的油又光又滑，香气袭人、抚慰人心，有股淡淡的焦香。

这个榨油坊位于浙江省南部湖山乡附近的金竹镇，距离省会杭州有三小时车程。这里之所以仍在运转，完全要归功于戴建军的努力。他是一个餐馆老板，一向以支持传统技能和手工食品生产为己任。在为自己的杭州餐馆"龙井草堂"寻找散养土鸡新产地的时候，戴建军听说了这个作坊的存在。龙井草堂专做西方人口中的"有机食品"，中国人有时称之为"原生态食品"，用的都是直接从农民那里拿来的新鲜应季食材。如今城市化进程正逐渐吞噬着浙江农村，戴建军只得去越来越远的地方寻找以传统方式种植或饲养的无污染农产品。

戴建军第一次来金竹镇时，榨油坊已经被废弃了几年，但他确信手工制作的茶油能作为瞄准城市中产阶级的"绿色食品"找到一个新市场。他说："这种油完全无杀虫剂、无添加剂。"茶油不仅美味，还特别健康，因为富含维生素 E 和欧米茄脂肪酸，且饱和脂肪酸含量低，拥有"东方橄榄油"的美誉。在当地人眼中，它是一种高级食用油。"有些老人喜欢每天吃一勺，当补品，"陪同我们参观榨油坊的当地政府官员叶先生说，"过去的女人用茶油来做化妆品，头发光泽漂亮，皮肤水嫩年轻。茶油还能治蜜蜂蜇伤。"

和许多传统农产品一样，手工制作的茶油也成为社会与经济变革的牺牲品。这是一种劳动密集型生产，所以成本相对较高。此外，在全中国的乡村，越来越多的青壮年劳动力都离家进城打工，只剩下老人和孩子。父母希望自己的孩子摆脱务农的命运，不要再干这种社会地位低、经济回报差的脏活累活；年轻一代又往往对学一门老手艺毫无兴趣。全中国的故事都大同小异：老手艺逐渐失传，人们纷纷离开土地。

然而，与此同时，中国的中产阶级正在逐渐觉醒，慢慢发现手工食品的吸引力，相关理念也逐渐与西方看齐。食品安全危机掀起一波恐慌，也成了公众最关心的问题。越来越多有经济能力进行选择的人希望买到散养的肉类和家禽，以及没有被农药等因素污染的产品。戴建军想要让农村的乡亲们知道，"绿色食品"可以帮他们赚到钱。他说："只有这种油的价格至少和商业植物油价格相同，当地农民才愿意去干苦活，生产出这一类的东西。我想帮他们找到路子，用传统手艺挣到体面的生活——这样才可以确保手艺能传承给后世子孙。也许方式不再是过去那样在家族内部传承，而是从师父传给学徒。"

西方现在已经有农贸集市和相关的非政府组织为手工农产品生产者提供支持，帮助他们联系城市里的潜在市场。但在中国，戴建军这样的人都是单打独斗。"慢餐"这类东西目前仅限于香港和澳门的"小宴"。但大陆有着同样独特而丰富的手工农产品传统和悠久的饮食文化，为什么就没有类似的东西呢？数个世纪以来，地方的上乘食品都会上供给朝廷，或被文人墨客津津乐道。无论是哪位中国美食家，都一定听说过金华与云南的火腿、镇江醋和龙井茶。法语中的"terroir"这个概念，翻译成中文即"风土"，即便两者并非完全等同的概念，但其在中国的历史也比在欧洲要悠久得多。

毫无疑问，原因之一是中国过于迅速的工业化进程。过去几十年里，社会整体倾向于将农村或传统的一切都视为"落后"，认为新型加工食品比较卫生且现代。而农村的人们对茶油、自家熏的腊肉和发酵的醪糟（甜酒）等宝物则是见惯不怪，一点也不稀罕。"你们说起'慢餐'，好像多特别似的，"戴建军的商业伙伴柏建斌对我说，"但是在中国农村大部分地区，大家吃的不都是这种东西嘛！"

中产阶级越来越追求安全绿色的乡土食品，而中国则需要养活几十年内就可能达到十四亿五千万的人口，这两者也存在冲突。如果在欧洲和美国都有人谴责有机或手工食品是过度奢侈，他们支持转基因和大规模生产的论点在人口众多、耕地短缺的中国则更有说服力。中国精英阶层自己喜欢吃有机食品和散养肉类倒没什么，但怎么可以向广大人民"鼓吹"这些东西呢？

然而从长远来看，正如许多人逐渐认识到的那样，因为对石油衍生品的依赖，以及污染和土地退化，现代集约农业存在自身的问题。除了经济和环境问题之外，传统食品还可以被视作人类社会生活和文化重要的一部分，使其更为充实丰富。

戴建军自己的企业则是自主选择走这条路的。对于那些愿意不使用化学品来种植作物，以及守护传统食品加工技艺的手工生产者，他的餐厅都会提供一份体面的收入。远景规划方面，他想要给城里的孩子一个机会，去拜访一下自己联系的供应者们，了解他们吃的食物来自何处。他目前还在进行一个项目，是在浙江南部开辟一处乡村隐所，选址离榨油坊不远。在那里，被生活弄得焦头烂额的城里人能够体验一下播种耕地的农村生活。这些地方的环境远离污染，烹饪传统也是纯然古风，戴建军希望鼓励当地农民看到这些优势的文化和经济价值。"我想让他们知道，发展不仅仅是科学技术的进步，"他说，"也要保护环境。"

金竹镇的茶油坊面临的挑战，是要提供符合现代卫生标准的纯手工产品。去年（2009 年），中国颁布了新的《食品安全法》，意在打击那种在牛奶中加入三聚氰胺的无良生产商，而由此产生的复杂要求可能会让小生产者感到头疼。过去，榨油的工人们习惯于光脚将茶籽饼踩成型——如果产品要面向更广泛的城市市场，这显然是不可接受的。戴建军说，大多数手工食品生产者的工作，靠的都是经验直觉，没有什么公式："标准化"是不存在的。

有一家公司成功取得了现代市场经济需求与坚守传统的平衡，那就是位于杭州郊区的"陈家坊"，戴建军的另一家供应商。该公司专门生产纯正的小磨芝麻油，采用各种坚果加糖磨的粉，以及芝麻酱、花生酱等等，制作过程不加任何添加剂，但部分是机械化操作。陈家坊办公室的墙上挂着官方颁发的卫生许可证。作坊的所有者是陈莉君，她和丈夫以及十位同事一起尽心经营着这个小小的地方。他们在毗邻油厂的地方有个小家，在家外面的一块地上种菜，自给自足。

各种坚果或种子都放进电炉中烘烤，然后用已经实现电动供能的老磨石研磨。但这里的规模很小，每天最高产量是一百二十五公斤芝麻油。"我们的芝麻油当然比大规模生产的那些要贵，所以好说歹说，大部分餐馆还是不愿意买我们的产品。"陈莉君说，"而且，在家里，一小瓶芝麻油就能用很久，所以大家不用经常买。以后我希望能有更多的人开始重视这些传统的东西。我觉得这是必然的事情，但可能未来十年内或十五年内都不可能实现。这期间我们要坚持下去是很难的。"

"我们中国的手工食品这么好，但中国人却不能真正地去欣赏，我一直觉得太遗憾了，"戴建军说，"在日本和中国台湾，都有店铺卖昂贵精致的食品。我们这儿呢，总体上来说是没有的。另外，也没有可靠的体系来认证究竟什么是'绿色'产品。我保证自己餐厅里的食物是没有污染和添加剂的，但我只是以个人的名义保证。"他希望，从长远来看，陈莉君女士这样的小生产者能够把他们的产品作为奢侈品推向市场，不仅是在中国大陆，还有中国台湾、日本，也许甚至能远销欧洲和美国。

在小小的工厂参观一圈后，我们在厂边陈女士的家中与她和家人一起吃午饭。当然，午饭的开始是品尝她的一些产品：深琥珀色的芝麻油，那味道的幽深远超任何你能在超市买到的产品；还有带熏黑感的芝麻酱以及柔滑的花生酱，我们往里面加了点儿盐，用来蘸她自家种的黄瓜吃。我们还把她家的白芝麻酱和一种便宜的进口中东芝麻酱（tahini）进行了比较。进口的那种味道有点苦，整个包裹住舌头；而她的芝麻酱是用完整的芝麻粒做成的，有种温柔圆和的风味，散发着一种滑润的坚果香。"这就是教育的问题，"戴建军说，"人们需要去品尝廉价的大批量生产食品和'真东西'，发现两者的区别。"

也许最终，不仅仅是中国人，全世界的人们都会逐渐欣赏和支持中国那些历史悠久的优质食品。随便选一家西方的食品店，货架上都会有一系列的意大利橄榄油和香醋、西班牙火腿和法国奶酪，甚至可能找到昆布等各类日本调味料；但中国生产的食品，就是那些在各种超市都能找到的廉价出口大路货。在关注饮食的西方人之中，中国的好茶已经开始有了地位。未来某一天，我们也许可以买到浙江茶油来拌沙拉、让人唇齿酥麻的汉源花椒来炒菜，以及杭州的芝麻酱来做蘸料。

第二部分
奇菜异味

"试勺"晚宴

（发表于《金融时报周末版》，2021 年 5 月刊）

现在，你要请朋友们来吃晚饭。你制定了一个美味的菜单，菜肴的色、香、味都经过缜密考量。你甚至可能还考虑了背景音乐和灯光。但你有没有想过餐具的味道？伦敦大学学院制成研究中心（Institute of Making）的两位主任，佐伊·拉芙林（Zoe Laughlin）博士和马克·米奥多尼克（Mark Miodownik）教授认为你也许应该把这一点也考虑进去。他们和同事一起进行了一系列科学试验，探究不同金属质地的勺子对食物味道的影响。不久前，他们举行了首次"试勺"晚宴，参加活动的有材料科学家、心理学家和赫斯顿·布鲁门撒尔与哈罗德·马基（Harold McGee）两位厨界大神。马基是专程从美国飞过来的。

在米其林星级餐厅"奎隆"（Quilon）的包间里，客人们围坐在一张长桌前，试吃七道精心搭配、调味可口的西南印度菜，还要用七把不同的勺子。勺子全部是刚刚擦洗过的，摆在每个人面前，像一把钟琴。七把勺子中有闪着粉色微光的铜勺，光彩夺目的金勺，冷月般的银勺，还有锡、锌、铬与不锈钢勺，微妙的蓝灰光泽时隐时现。七把勺子如此引人注目，形成迫人之势，就像"莎士比亚的选择"[①]。每把勺子的底部都有一个来自元素周期表的符号，代表镀这把勺子所用的材料。

拉芙林和米奥多尼克是材料科学家，他们的研究课题之一，是方块或铃铛等形状一模一样的物体，在用不同材料制成时各有何种表现。在研究过程中，他们对各种材料的味道产生了好奇。"通过将矿物盐溶解于水中的形式，科学家已经在探索金属的味道了，"米奥多尼克说，"但我们想探究固体金属本身的味道。做这个研究似乎有个显而易见的方法，就是要用人们觉得可以放进嘴里的东西来试验，所以最后我们选了勺子。"

身兼科学家与艺术家双重身份的拉芙林设计了研究用的勺子，并在表面电镀上不同的金属。这些金属即便不能食用下肚，至少也无毒无害，是人体不可缺少的微量元素。她和同事们进行了实验：被试者要蒙上眼睛，吮吸递过来的勺子，有的就是一把光勺子，有的盛了简单调味的奶油。他们发现，被试者能够分辨出不同勺子的味道，不同的金属材料也会影响人们对奶油的苦味、甜味与愉悦的感知。在实验室研究三年之后，他们决定放任勺子们到这狂野复杂的印度菜晚宴上展露拳脚。对了，伴宴的还有一轮七种美味的啤酒，局面因此更为复杂。

十五个成年人像婴儿一样吮吸着勺子，晚宴就这样拉开帷幕，真是非同寻常。但勺子们的味道的确有着惊人的不同。铜和锌的味道大胆而坚定，有苦涩的金属感；铜勺子甚至闻上去就有股明显的金属味，因为它们在空气中发生着缓慢氧化。（一位客人说这两把勺子是今晚的"坏小子，调皮邪性扑面而来"。）银勺子尽管样子很美，散发着傲气不逊之光，相比之下味道却比较平淡无趣；而不锈钢勺有一种幽淡的金属味，通常都会被忽略掉。正如米奥多尼克所指出的，我们不仅是在"品尝"勺子，其实就是在"吃"勺子，因为每舔一下，我们就可能吃掉了"一千亿个原子"。

在尝菜的同时也品尝勺子，就会得到惊人的启示。用锌质勺吃烤黑鳕鱼，就像手指在黑板上刮过一样，会引起强烈的不适感；用铜勺子吃

---

① 莎士比亚在《威尼斯商人》中有个"三匣选亲"的情节，说的是鲍西亚在金、银、铅三个匣子中选择一个放入自己的一张肖像，谁选中了这个匣子将会成为鲍西亚的丈夫。

葡萄柚，味道有点恶心，叫你双唇紧皱。但这两种材质都和一种芒果做的开胃小菜产生了狂野而美好的共鸣，它们强烈的金属味道与那酸甜的风味达到了莫名其妙的和谐。（"吃芒果和酸角这类酸味食物，你其实就是在品尝金属，"拉芙林说，"因为里面的酸性物质会把表面的金属稍微刮下来一点，就像用醋清洗金属制品。"）品尝结果显示，锡和开心果咖喱的搭配大受欢迎。拉芙林还欣喜地谈起黄金勺子配甜味食物的优点："黄金很光滑，甚至可以说柔滑如奶油，它所缺乏的东西也正是其品质非凡之处，因为尝起来没有金属味。"

一顿饭中包含多感官体验并非什么新鲜事，真正新鲜的是其中的科学道理阐明了我们在吃东西时各种认知的复杂性。牛津大学实验心理学系的查尔斯·史宾赛（Charles Spence）教授也是我们的"试勺"组成员之一，他曾证明过，人们在吃薯片的时候，如果向他们播放酥脆作响的声音，会让薯片的口感更酥脆；如果播放不同风格的古典音乐，能让人们对同样的煤渣太妃糖的苦甜程度感知不一。他也证明了，增加勺子的重量，会让盛在勺中的食物味道更好、更甜，感觉更扎实。

所以，未来有一天，厨师们会不会把餐具的味道也作为菜肴风味的组成部分呢？赫斯顿·布鲁门撒尔一直是这方面的先锋，他积极地将食品科学的最新见解融入自己的烹饪中。他用撒了银粉的巧克力做可食用的餐具，这一点也是尽人皆知。"我可以想象勺子作为菜肴的一部分，"他说，"我很惊讶，尝的这些金属有如此广泛的味道，而且有一些金属和食物中的某种酸味竟然那么搭调，比如锌和铜配芒果。我一直对金属的味道很敏感，但一直觉得这些餐具是对食物的干扰。我从来没像这样想过：金属的味道和某些食物风味组合起来，竟然能产生更叫人愉悦的效果。"

以常用的方式使用勺子，对食物风味会产生重大影响，食物与科学专家哈罗德·马基对这种说法表示怀疑。"我很喜欢锌勺本身的味道，但我得故意去舔勺子才能真正体会到。大部分食物停留在勺子里的时间并不足以产生什么真正的差异。也许像焦糖这种能粘在勺子上的东西，效果才会更明显吧。"

还有一个耐人寻味的问题：我们为什么会对金属的味道敏感？是不是为了让我们避开那些有害的金属而去摄入身体健康所需的物质？拉芙林颇感兴趣地注意到，"某个年龄段的男人"对铜情有独钟；而米奥多尼克提到最近的一项研究结果支持了锌和维生素C一起服用有助于预防感冒的说法。"也许，我们不应该花大价钱去补充矿物质，"他说，"用镀锌的勺子来搅拌热柠檬汁和蜂蜜就行。"

那是个很有启发的夜晚，但我觉得晚餐本身就非常精彩了，而勺子们并没为其增色多少。甜辣大虾的风味达到了完美的平衡，根本不用去舔铜勺子，甚至也不需要用金元素来添彩。吃完第二道菜，我的舌头本身就已经有了一种仿佛被电镀过的金属味道。就算用金勺子吃蜂蜜冰淇淋的确十分愉悦，而且有种魔法般的神奇之感，我也不确定自己会急着为家里的勺子镀金。但拉芙林和米奥多尼克是"勺子传教士"，他们希望最终能生产一套经过科学设计的勺子，使其成为理想的进食工具，比如可以专门用来搅拌咖啡或吃焦糖布丁，还要附上品尝说明和建议食谱。"那会是一种'勺子钢琴'，"拉芙林说，"在食物上演奏，任你去做属于自己的音乐。"

绍兴臭霉，又臭又美

（发表于《金融时报周末版》，2012 年 6 月刊）

发酵食物在一些引领世界餐饮潮流的厨师之中大行其道。纽约"百福餐厅"（Momofuku）掌门人张锡镐（David Chang）对韩式辣白菜做出了自己的解读，激发出灿烂的火花。他还发明了"不是猪肉"（pork bushi），就像日料中用在传统味噌汤里的发酵鲣鱼片，只不过更有肉感。与此同时，远在哥本哈根、由雷尼·雷德泽皮（Rene Redzepi）坐镇的"北欧美食实验室"（Nordic Food Lab）一直在进行实验，制造不同版本的酵母提取物马麦酱（Marmite），用杜松灰等本地特产进行调味。然而，尽管目前发酵在烹饪上的可能性正受到极大关注，中国在腌渍食物方面的丰富遗产却被严重忽略了。有一个地方没有得到任何人的注目，那就是华东小城绍兴。

绍兴距离著名旅游胜地杭州只有一小时车程。它赖以名扬海外的，主要是两千多年来一直生产的米酿黄酒；而周边地区则尊其为浙江文化的摇篮，这里也是中国伟大现实主义作家鲁迅的出生地。绍兴还有一类特产很出名，就是"臭霉"菜。当然，中国的很多地区都有值得一试的发酵特产，但绍兴在这方面还是脱颖而出，因为当地的菜肴用人类学家口中"美味腐烂"的豆类和蔬菜进行了各种"变奏"，可谓剑走偏锋、古怪极端。

我与绍兴发酵食物的初遇，形容得含蓄一些，是"令人紧张"的。

几个杭州朋友带我参观了当地的一座酒厂，之后我们去著名的咸亨酒店吃午饭。桌上的一些菜我很熟悉，但那发霉发臭的菜梗不在此列。这些菜梗躺在看上去洁白无害的"豆腐床"上，气味奇怪又上头，样子看着像花园里堵住下水道的顽固垃圾。咸亨酒店的总厨茅天尧鼓励我夹一个尝尝。于是，我战战兢兢地把一根菜梗放进嘴里，把腐烂的外皮吸掉，挤出黏糊糊的梗肉，再轻轻地把壳吐出来。这是我从未品尝过的味道：那么不同寻常，叫人内心不安，却又异常美味；这味道丰富浓郁，臭味和鲜味的奇妙混合让人想起熟成到往外渗水的农家手工奶酪。

"臭苋菜梗"这个名字就能说明这道菜的一切。长过了头的苋菜梗会变得像木本植物一样硬，没法作为蔬菜食用，收割以后就要把它们切成段，倒冷水浸泡，放在陶土罐中任其开始腐烂变质。之后冲洗干净，再放入罐中发酵几天。最后倒入卤水，泡个一两天，这时候罐子会散发令人厌恶的气味。如此，菜梗便算是做好了，迅速上锅蒸一下，就可以入口了。

据当地人说，两千多年前战乱不断，该地区陷入贫困的深渊，为了生存，人们只得四处寻找野菜果腹。也是在这种绝望之下，臭苋菜梗成了食物。传说一位老爷爷采了一些马齿苋，虽然过于粗硬、难以入口，但他舍不得扔掉，于是就贮藏在一个陶罐里。几天后，他闻到罐口散发出奇怪的气味，饥肠辘辘的他决定把这些菜梗蒸来吃掉，结果却发现意外的美味，一个奇怪的风俗就此诞生。

我后来才意识到，自己是已经通过"初步测试"才吃上那道臭苋菜梗的。"测试"就是吃了咸亨菜单上那道"霉千张"（发霉发臭的豆腐皮）。将发酵豆腐皮（熬豆浆时表面形成的那层物质，富含蛋白质）卷成卷，放在铺好的猪肉馅儿上蒸。腐皮有种强烈刺鼻的恶臭，就像塞了臭奶酪的袜子在暖气片上放了一个星期。但我想，还是尝尝吧。结果，霉千张美味惊人，让我想起洛克福干酪和盐渍鳀鱼（凤尾鱼）。所以，在我证明了自己的能耐之后，茅师傅才继续给我端上更多"臭名昭著"的绍兴发酵美食。

原来，苋菜梗是臭霉大家族的"老祖宗"，因为其发酵后剩下的液体又会被用来腌渍很多别的食材。豆腐块泡在其中，就成了街头小摊上卖的臭豆腐，能让方圆五十米的空气都飘散着臭味。嫩油菜尖在里面短暂浸泡，和新鲜的蔬菜一起炒，会形成一种非同寻常的混合风味，美好与邪恶并存。南瓜块在这浑浊的液体中被"施咒"后，会产生一种鱼腥（香）味；竹笋则会在这液体中显露其暗黑的一面。外来者与这些菜初遇时内心的反感和厌恶，往往会跟绍兴本地人看到腐烂的乳制品（也就是奶酪）一般无二；但两者那浓郁丰富的鲜味也同样摄人心魄。

起初，绍兴的臭霉菜是穷苦日子不得已而为之的食物。廉价的食材通过改造，成为刺激口腹的滋味小菜，让基本没有肉类、只是为了生存而进行的饮食变得鲜香可口。如今，人们生活水平逐渐提高，臭霉菜虽然还在激发着"信徒"们的热情，却已经不再受到年轻一代的喜爱。不过，它们很可能跻身"未来食物"的行列，原因正如人类学家西德尼·明茨（Sidney Mintz）在牛津食品研讨会上的一篇论文中所说，一个人口激增和资源逐渐减少的世界会对食品安全构成新的挑战，而发酵食物能够通过"简陋的方式"来释放营养和鲜味，这将再度变得万分宝贵。一旦美味的动物蛋白供应不足，用蔬菜和豆类制成的发酵食品就能填补空白：从前的数千年里，它们就曾在中国之类的农业社会发挥着这样的作用。

绍兴人解释他们对臭霉菜由来已久的嗜好时，总要讲述一个骇人听闻的传奇故事。两千五百年前，绍兴还是越国的都城。越国在与邻国吴国的战争中败下阵来，越国国君被俘为奴。传说在他为奴的这三年中，吴王得了一种疑难杂症，没人能找出病因。后来还是越王尝了俘获自己的这位国君的粪便，才下了诊断。吴王因此病愈，出于感激，释放了救自己命的这位俘虏。但越人听说自己的君王被迫执行了这么一个令人作呕的任务，都流下了痛苦之泪，于是决定用发臭的食物配米饭，来牢记这份屈辱。

写出来我才发现，这个叫人反胃的传说似乎不会让人对绍兴特色臭霉菜有什么好印象。但请你相信我，它们真的很令人上瘾。其实，我甚至敢说，鄙人将近二十年来吃遍中国，这些臭霉菜可能是这些年最令我激动的食物。它们有如一只风干充分的野鸟，有那种暗沉复杂的质感；又像一颗成熟的榴莲，风味深远，叫人目眩神迷。借用新加坡美食专家司徒国辉（K. F. Seetoh）的比喻（他是用来形容榴莲的），绍兴的臭味佳肴就是美食界的爵士歌手：飘着尿骚味的小巷里，有一家俱乐部，人们都在吞云吐雾，他们就在台上表演；歌手们的皮肤因为长期嗑药吸烟已经完全毁坏，但他们的音乐让你听得汗毛倒竖。有些爱冒险的老饕对长期风干的野味、高度熟成的奶酪、肚子肠子这些下水都已经习以为常、无动于衷，那臭霉菜也许能成为让他们"开疆拓土"的新天地。

"鞭"辟入里

（发表于《福桃》杂志，2014 年 4 月第 8 期）

四条鹿鞭横七竖八地躺在厨房料理台上：其中两条干净整齐，通身被烟熏成了华美的棕褐色，如同家常自制培根，皮肉都还连接在耻骨上，散发着一股木头烟熏的香气，叫人食指大动；另外两条感觉就像刚刚才被剁下来，全套家伙都在，不仅是各部位的骨头，成对的睾丸也舒舒服服地待在皮毛形成的囊中，还有特别突出的地方——样子像花朵，我们合计了一下，勃起的阴茎应该就是从这里伸出来的。这两条鹿鞭渗着粉红的汁液，气味凶恶生猛、直冲鼻腔——这是强壮的雄鹿一生"最后一搏"。

整个职业生涯里，我不管是备菜还是吃菜，都遇到过很多不寻常的食材，从海参到雪蛤（提取自林蛙的输卵管）。但一直到不久前，在鞭菜这一块儿，我都还保留着处女般的纯真，没有碰过任何动物的"老二"。我这辈子都没想过，自己竟然会拿住雄性的命根子，而且还不止一条，是四条，分量还这么大。尽管那个时候它们已经变得十分瘫软、任人摆布，却依然叫人望而生畏。不过，我还是磨好了菜刀，系紧了围裙，稳了稳心神，鼓起了勇气。

我不能说自己之前怀揣过任何做鞭菜的野心。在四川高等烹饪技术专科学校（简称"烹专"）接受厨师培训时，鞭菜并不在我们的课程大纲上。我也并没像很多异国美食冒险家一样去过"锅里壮"食府朝圣——那是北京一家著名鞭菜馆，你可以点一锅大杂烩坐下来慢慢与其"扭打"。锅里面有各式各样的"老二"和"蛋蛋"，来自公牛、狗、牦牛等动物；传言说，偶尔还会有虎鞭。

我倒是在中国吃过一次鞭菜，但那纯属无意。那时我对中餐的探索尚处在早期，在一家重庆餐馆，我天真地以为菜单上的"牛鞭"就是牛尾。我吃了那条切成片的"鞭子"，松垮垮的，又没味道，浸在清澈的鸡高汤中。多年以后，我在湖南北部的一家餐厅看到一桌男人围桌大啖"牛鞭"火锅。在四川省会成都，我经常会经过几家卖酒的店铺，店里有专门为男士酿造的酒，就是把动物的特殊部位泡在白酒里。

中医药理中各类"鞭"的神奇功效，我当然也略知一二。根据"同类相治，以形补形"的学说，动物阴茎可以壮阳，让雄性身强体壮。新鲜或做成干货的鹿鞭是一种极其珍贵的补品，在中国特别昂贵，可用于治疗阳痿和不育症。在"伟哥"还没出现的时日里，你若想粗大有力，喝点鹿鞭汤，肯定比效法《肉蒲团》的男主人公要容易多了。这部色情小说诞生于十七世纪，作者为清代文学家李渔，书中色欲熏心的男主角经历了一场手术，将一条巨大的狗鞭"嫁接"在自己的"老二"上。

用中文中常见的说法，我遇到这四条鹿鞭全是"缘分"，是宿命般的巧遇。我为我姐姐和她的一些朋友做了场家宴，席间讲起跟两位四川厨师去伦敦博罗市场的故事。这两位厨师都是我在成都的老朋友。逛着逛着，我们停在一个卖苏格兰野鹿肉的摊子前，他俩很激动。"你一定要跟这个老板儿说，"他们用中文告诉我，"他如果可以把鹿鞭晒干了送到中国去，那就发财了！"他们说，不管哪种鹿鞭，都是特别值钱的；但这些雄鹿可是曾经驰骋在苏格兰的高地上啊，它们的"老二"会让中国人疯狂的。

除此之外，我不记得还多说过别的什么，但我姐姐的朋友、住在苏格兰的洛克西显然想当然地以为我急切地想亲自动手烹制鹿鞭。几个月后，我还在中国旅行，就收到了这辈子最叫我震惊的一条短信：

"嗨，扶霞，我是洛克西。我正要去取你的雄鹿'老二'。有两个呢。我会想办法把其中一个烟熏了，但是真的需要趁新鲜尽快交给你。"

我给洛克西打电话过去，发现她真是为我花了大力气，在苏格兰的猎鹿人中放出话来，说她的一个朋友特别想烹制雄鹿的"老二"。"跟我谈过的人都对这个问题很感兴趣，"她说，"就连一个叫'猎鹿约翰尼'的人都很好奇。他是猎鹿人，也会烟熏鹿肉，他的爸爸和爷爷都是做这个的。他一想到能烟熏雄鹿的'老二'，那叫一个兴高采烈啊。他说自己什么都熏过，就是没熏过这东西，所以他在试各种各样不同的配方。每个人都超级想知道你要怎么对这些东西下手。"

洛克西的朋友们勇敢接受了挑战，到我们通话的时候，她已经"众筹"到八个"老二"，有些还依然带着"蛋蛋"，约翰尼在烟熏其中的一半。我还能说什么啊？只能告诉她我很开心，并热情洋溢地感谢她为我做出的努力。

又过了几个月，我才真正摸到这些"老二"。洛克西拿到"货"的时候我在国外，于是她就把它们都冻起来了，并且把第一批从苏格兰送到了英格兰南部城市布莱顿（Brighton），让我姐姐的另一个朋友克洛伊把这些东西贮藏在她的冷冻格里。我给姐姐打了个电话，安排好见面的时间，好去布莱顿取"货"。"你要来我太高兴了，"姐姐莱昂妮说，"因为我每次见到克洛伊，她都会问我：'你妹妹什么时候来拿走我冰柜里那些"小鸡鸡"啊？'"

于是乎，一天深夜，在布莱顿一家著名素食馆吃完晚饭后，莱昂妮带我去克洛伊的公寓取那些"老二"。我们跟克洛伊和她的男朋友 C. J. 坐下聊了一会儿闲天儿，C. J. 说一想到吃"老二"，他就不寒而栗。我嘲弄地"哼"了一声，说他这种害怕完全莫名其妙。"你想想，反正你鹿肉都吃了，干吗不什么都尝尝呢？"

"有道理，但你会吃阴户吗？"他问我。

不得不承认，他这个问题搞得我猝不及防。我当下就想回答说，我肯定会毫不犹豫地吃。毕竟，我为自己什么都吃感到自豪，在中国的美食冒险当中，我已经吃下过螃蟹与林蛙的卵（蟹黄和雪蛤），还有其他很多西方人会觉得恶心的珍馐美味。但是阴户……？光想想我就犯哆嗦。总之，克洛伊在冰柜里翻找了一下，给了我一个巨大的塑料袋包裹，是一包僵硬而冰冷的东西。我把它们塞进冷冻保温袋里，匆匆赶回伦敦。

烹制鞭菜的前一晚，我小心翼翼地开包取出那些"老二"，和它们正式见了第一面。最让人震惊的是那些未经处理、还带着睾丸的"老二"。它们实在太大了，冰箱装不下，我又不希望厨房里的热气影响到它们，就把它们放在托盘上，拿进客厅解冻。它们巨大而毛茸茸的样子就这样令人发指地、无声无息地存在着，让那晚的公寓笼罩着一种奇怪的氛围。

必须承认，我当时充满了恐惧。一想到要"磨刀霍霍向'老二'"，不管这"老二"曾经属于哪位雄性，我心里总归有点不安。纯粹从专业角度讲，我明白自己正在处理一种珍贵的中国美味，也不想搞砸。要是我的中国朋友们知道我毁了这么多进补珍品，就永远不会再认真对待我了。所以我认真做了功课。

我首先在自己的藏书中仔细搜寻关于"老二"的中餐食谱，这种食谱数量甚众。一本烹饪大全上讲，牛鞭、鹿鞭和山羊鞭都被视作上乘野味，尽管山羊鞭"只有一根筷子那么粗"。我发现，只有广东人会吃猕猴的"老二"，反正他们对各种食材百无禁忌，这在全中国都是出了名的。我找到了很多食谱，受到了无限启发。也许可以用云南火腿、鸡肉、猪蹄筋和干菇来做个云南干烧鹿鞭；或者加海马、莲子和海米做个辽宁药膳。如果真有"青云壮志"，我可以试试中国版的"猪耳朵做丝绸钱包"①；"鞭打绣球"，这是一道汤菜，里面有切成繁复花刀的"老二"和"蛋蛋"。

我给几个朋友打了电话询问意见。成都名厨喻波说我第一步应该要将"老二"处理干净，在加了姜、葱、料酒、茶叶（可能的话再加点新鲜竹笋）的水中重复焯水，完全去除那种野蛮生猛的臭味。"然后再加鸡肉和有去腥作用的调味品，小火炖煮。如果你愿意，可以在煮熟之后来点四川特色，按照麻婆豆腐那种做法来做，加豆瓣酱、牛肉末，最后撒点儿花椒面。"

我回想起多年前在湖南见过牛鞭火锅，也知道湖南人是烹制烟熏肉类的高手，于是给附近一家餐馆的湖南籍厨师打了电话。他听了我的询问，声音里毫无惊讶之意。第二天我骑车去了他的餐厅，跟他喝杯茶，聊聊"老二"的事儿。聊完以后，他说："大部分西方人其实不会吃这种东西，对吧？"

"清算日"终于来临了。略有些僵硬的烟熏"老二"像波兰香肠一样盘绕着，它们倒是挺容易处理的。我按照湖南朋友的指导，将它们充分清洗干净，放在一锅开水中小火炖煮了半个小时。而处理那两个未经烟熏的蔫软"老二"就完全是另一回事了。我一边尽量不去吸入那味道冲鼻的水汽，一边把皮毛和睾丸剥掉，这像是一场极端凶猛的比基尼热蜡脱毛。摆脱了原本的种种障碍和赖以依附的耻骨，"老二"就成了形态多变的东西，可以挤挤捏捏，手感如橡胶一般，外面包裹着一层层黏滑的薄膜。有时，去掉这些外皮需要两个人协力完成，因为"老二"滑溜溜的，总要逃出我的手掌心。

处理雄鹿的"老二"是一项非凡卓绝的工作。没必要讲什么双关语，直接说出来就行了。我的摄影师和我一直哈哈大笑，根本停不下

---

① 来源于英文中的一句俗语，"谁也不能用猪耳朵做丝绸钱包"（one cannot make a silk purse out of a sow's ears），本意是一件事情很难做，巧妇难为无米之炊。

来，细节我就不说了。根据我的记忆，自从上学以来，我还从来没有这么频繁地"咯咯咯、呵呵呵"过。亚当，我们的朋友兼厨房助理，也不知他怎么做到的，很有男子气概地忍受了所有这些歇斯底里的行为，只是偶尔介入"把控"一下"老二"，好让我用菜刀割掉包皮。

第二步是焯水，这时候"老二"突然就变硬变强了；其中一个趁我们不注意，猛地从锅里跳将出来，是完全勃起的状态，硬得像根警棍。（看这篇文章的男士们，请放心吧，要是其他办法都不管用，往开水里迅速浸一下，就能立刻显出你的阳刚男儿本色。）

一共焯了三次水，每次都要换新的一锅水，加绍兴酒（料酒）、姜、葱和茶叶。这是中国人的烹饪智慧，如魔法一般，将"老二"那生猛野性的气味驱散干净。接着我将它们放在冷水中清洗。我砍下其中一个的头放在砧板上。这个"老二头"渗出石榴红的汁水，通体如宝石。纵向切开后，"老二"内部的组织展现在眼前，错综复杂的纹理像一个成熟的无花果，深粉的底色上有一丝丝白色絮状物。我把这橡胶质感的东西切成一段段的，每一段再对半切时，它们突然像弹簧一样盘卷起来，好强健的肌肉力量，叫人无法抗拒。我心想，啊，真的，这些都曾经是多么华丽宏伟的器官啊。

我把"老二"放进一只中式砂锅，小火慢炖了五个半小时。一起炖的还有一只整鸡，更多的料酒、姜葱、花椒和一把中医补药：甘草、黄芪、山药和石见穿（紫参）。事先经过烟熏处理的那两个，我把它们和五花肉片炒过后，放上豆瓣酱，加绍兴酒、桂皮和八角来去腥膻，再炖烧几个小时。我把火关小，让锅里汤汁保持微沸状态的时候，突然想到这里面加了绍兴酒，也就是说，我可以把这道菜叫做中国版的"黄"酒烩"鸡"①。

---

① 来自法餐中的一道名菜"红酒烩鸡"，主料是鸡肉和红酒。

此外种种，按下不表。经过一整天漫长而艰辛的劳作，我们的最终成果是什么呢？总的来说就是一道上好的鸡汤，汤里充满奇奇怪怪的胶状螺旋物体；还有一道辣味的炖菜，主材是蜗牛状富有弹性的物体，黏稠度就像壁球。但我是邀请了几个朋友来试菜的，不能让他们失望。给汤收尾时，我用纱布过滤了一遍，鸡肉和补药就不要了，螺旋状的"老二块"又放回汤里，撒上一把猩红的枸杞子。以湘菜做法烹制的烟熏"老二"火锅则原封不动地上桌，只加了炒香的辣椒和大蒜做装饰。

我邀请的客人里，有一位曾体验过北京"锅里壮"鞭菜食府，她对那里的鞭菜并不感冒，也不喜欢我做的这些。"我是喜欢有质感的食物，"她很坚定，"但这些就是没味道，而且凝胶感太浓了。"其他的客人（都是男人）全都很喜欢烟熏"老二"，不过其中一个指出，吃这锅菜就像玩俄罗斯轮盘赌：有的很嫩，富有弹性；有的则像橡胶，吃起来"略有挑战性"。我们一致同意，要是没人告诉你吃的是什么，你可能会想当然地以为这是某种无脊椎贝类。我又反过来指出，鞭菜是应该有滋补功效的，所以有一点橡胶质感说不定正是食客想要的：切片的"老二"要是太嫩太软，这可是一个非常不好的预兆。

我请所有客人填写了一个匿名问卷，他们反映了不同程度的"饮食乐趣、情色乐趣、口感乐趣、阉割焦虑、厌恶反感和即刻壮阳效果"。其中一位写道："也许切片再薄一点，咀嚼起来会更容易。"出于礼貌，我没好意思再询问他们之后有没有感觉到什么类似"伟哥"的功效。就个人而言，虽然用锋利的菜刀划过一根"老二"那种强烈的感觉让我有几次心烦意乱的闪回，但我还是对自己很满意，毕竟驯服了四个"老二"，它们算是屈于我的"淫威"之下了。

我真正看重其看法的人之一，是张小忠，"水月巴山"的主厨。我很高兴地看到，他对我的努力给予了充分的肯定，大口大口地喝着鹿鞭汤。这是他人生头一遭的新体验，在中国可是特别奢侈的享受："鹿鞭是个好东西，你也做得很好——你把腥膻的味道完全去除了。"不过，他还是从专业的角度给了我一个小建议："扶霞，这些小块的东西，要是再切个花刀，就好了。"我的心略微一沉。我是试过切花刀的，但它们实在是滑溜得惊人，而且没料到刀子一碰就会弹跳起来、里外翻转。不过，现在我算是完全了解和掌握了它们奇特的力学结构，这种精致的刀工还是很容易实现的。所以，尽管真的没想到自己会这么说，但我还会再试一次的。我很快就会打电话找洛克西的。

"狗"且偷生

（发表于《纽约时报》，2008 年 8 月刊）

如果想趁着去北京看夏季奥运会的机会尝尝狗肉，那你可能要失望了。北京餐饮行业协会已经下令，所有一百一十二家奥运指定服务餐厅都要将狗肉从菜单上删除，并强烈建议其他餐饮从业点在九月之前也停止供应狗肉。根据建议，要是有客人真的特别想吃狗肉，服务员应该"耐心"建议对方点别的菜。这只是避免在奥运会期间冒犯到外国友人的一系列举措的一部分。（相关单位建议北京市民要好好排队，不要随地吐痰，甚至不要问外国游客有关年龄、收入和婚恋状况的问题。）

这项命令应该不会对很多人造成困扰。尽管数千年来，中国一直有人将狗作为食用动物来饲养，但如今要在某家中国餐馆的菜单上找到狗肉，还是得花一番工夫的。某些地区，比如湖南省和贵州省，的确以嗜吃狗肉闻名——但就算在这些地方，狗肉也是相对罕见的。而北京本身就几乎找不到狗肉，例外的只有少数几家韩餐馆和中餐地方特色菜馆。

不管怎么说，吃狗肉通常也是讲季节的。根据中国民间膳食营养学，每一种食物都会被根据其"四性"分为"寒、热、温、凉"，而狗肉则是"最为性热"的肉类，最好是在隆冬时节进食，让你周身暖和、补充能量。奥运会在燠热的八月举行，身在北京的湖南人应该不会想那一口狗肉。

吃狗肉被看作一个"问题"，这一事实其实并不是在展现中国人的习惯，更多是说明了西方人先入为主的成见。自古以来，西方人就对中餐饮食中那些怪异的"边边角角"有着病态的幻想和迷恋。马可·波罗就曾不无厌恶地写道，中国人喜吃蛇肉和狗肉；到了现代，西方记者特别热衷于掘地三尺，写出耸人听闻的故事，讲述那些叫人反胃的中餐佳肴（2006 年，一篇关于专做鞭菜的北京餐厅的文章在 BBC 新闻网站热门榜上待了很长一段时间）。而对于猎奇热情高涨的外国游客，在北京市中心的夜市上来一串炸蝎子已经成为一种仪式。

好奇的读者请听我说，狗肉的味道其实一点儿也不叫人惊恐：湖南冬季特供的烧菜中，狗肉被埋在很多辣椒和香料里，你如果吃上一口说不定会以为是羊肉。西方人可能觉得吃狗肉有点奇怪，但从道德上来讲，这跟吃猪肉（举个简单的例子）又有什么区别呢？在中国，被端上餐桌的狗肉并不来自人们的宠物，而是被作为食物饲养的狗，和猪是一样的；而猪当然也和狗一样，是聪明而友好的动物。

所以，到底是什么促使中国政府严禁餐馆在奥运期间供应狗肉呢？如果只是浅尝辄止地观察一下，也许会认为中国人在饮食礼节这方面会屈从于最不合理的外国偏见。

造成这种现象的部分原因，是吃狗肉的"问题"好像特别能招惹到动物权益保护者。很多西方人觉得狗是"人类最好的朋友"，一想到要吃这种动物的肉，他们就感到发自内心的震惊和愤怒。而吃鱼翅和普遍存在的虐待动物现象，对他们就没有那么大的困扰。在今年早些时候奥运火炬传递遭到抗议者扰乱一度中断后，北京决定采取各种手段，将公关危机发生的可能降到最小。1988 年汉城奥运会期间，韩国政府也同样禁止菜单上出现狗肉，也是希望避免负面公共影响。

在中国，对于吃狗肉的观点也在逐渐改变，因为越来越多的人开始把狗狗视作可爱的宠物。中文互联网访问量最多的新闻网站之一搜狐（sohu.com），其留言板上充斥着支持该禁令的帖子。"吃狗肉这么野蛮的习俗，应该立法禁止"，其中一条这样写道。"谢谢奥运会，促进了社会文明进步"，另一条如是说。

也许，颁布禁令的主要原因是中国人普遍对西方人可能认为"落后"的行为感到难堪，比如随地吐痰，比如使劲儿挤上拥挤的公交车——或者吃狗肉。尽管中国正在国际舞台上迅速崛起，很多中国公民仍然对历史上十九世纪鸦片战争带来的屈辱耿耿于怀。他们对外国人的批评特别敏感，也和政府一样，渴望向世界展示一个清洁、现代的形象。

讽刺的是，很多日益被中国人视为"落后"的东西，恰恰对外国人有着最强的吸引力：街头小贩、出售新鲜农产品的传统菜市场、狭窄的胡同里弄和杂乱老旧的房子。如果你只是想看摩天大楼和星巴克，去北京干吗呢？互联网上，对狗肉禁令发表看法的西方人分为两派，一派站在爱狗人士这边，一派则痛批北京政府没能维护住中国的文化和传统。说到底，最有可能对禁令表示遗憾的，应该是那些一心盘算着回家后能用吃狗肉火锅的狂野故事让朋友们啧啧称奇的游客。

"生"而美味

（未经发表的随笔文章）

　　午餐时间，大理古城北门外的露天餐桌已经被顾客挤满了。桌上摆满了附近小吃摊买来的菜肴，客人们坐在小凳子上，用筷子夹起小口的食物，边和朋友们聊天，边喝着啤酒。其中一道菜特别吸引我的目光：一堆切得很细的生肉，周围是切片的蜜色肉皮，配了一碗深色的酱汁。几乎每桌都有这道菜。"尝尝吧！"一位食客展露着友好的笑容，这样劝我。

　　这道菜名叫"生皮"，居住在中国西南云南省大理市及周边的白族人民很爱吃这道佳肴。这是当地独特屠宰方式的产物：用稻草包裹宰杀后的猪，点燃稻草，让火焰烧掉猪鬃，并熏黑猪皮。充分擦洗之后，再把猪屠宰分割并出售。猪肉被做成很多种菜，但最令人震惊和瞩目的就是生皮：被烧焦却并未煮熟的猪皮与生嫩肉和调味蘸水一起上桌。白族人会在节庆和待客时端上这道菜：它卖相漂亮，是席面上最讲究的大菜。

　　在中国看到人们吃生猪肉，你会大吃一惊。自古以来，中国人就觉得吃生食是野蛮人的习惯，甚至是一种"返祖现象"，退后到了野人"茹毛饮血"的原始时代。即便是现在，给很多中国人面前上一盘半生不熟的牛排，他们可能都会坐立不安。但云南的情况比较特殊。它远离中餐菜系的主流中心，与老挝、缅甸、越南交界，是一个多民族、多文化的边缘地带。汉族人在中国人口中占比超过百分之九十；而在云南，他们的风俗习惯与包括藏族、傣族、白族和蒙古族在内的二十多个少数民族杂糅融合。当地的特色菜不仅有生猪肉，还有在中国其他地区也会被啧啧称奇的各种菜肴，比如虫子和奶酪。

大部分饮食文化都对生猪肉避之唯恐不及。所有未煮熟的肉都容易携带病菌，而猪肉尤其危险，可能导致"旋毛虫病"：由寄生在人体肠道中的旋毛形线虫引发，感染者可能遭受数月的痛苦，少数病重者可能死亡。还有可能感染绦虫病，这种寄生虫在英语中就叫"猪肉绦虫"（pork tapeworm）或"亚洲绦虫"（Asian tapeworm）。但也有一些社会对生食喜闻乐见。德国人有时会吃"生肉面包"（Mett），用碎猪肉混合洋葱和香料搭配一起吃；近年来，一些厨师，包括在伦敦发展的西班牙名厨何塞·皮萨罗（José Pizarro），都逐渐开始提供颜色粉嫩的高质量伊比利亚生猪肉。而云南则有生皮。

在云南，吃生肉的习俗可谓历史悠久。七个世纪前，马可·波罗写过，在今天的云南省会昆明，"当地人会吃生肉——生家禽、生羊肉、生肉牛肉和生水牛肉。比较穷的人们会去屠宰场，把刚从牲畜身上摘取下来的生肝脏拿走，然后剁成小块，拌入大蒜酱，当场吃掉。他们对其他各种肉类也会如法炮制。贵族们也会吃生肉，但会叫人切得很细，放在加了香料调味的大蒜酱里，吃得怡然自得，和我们吃煮熟的肉别无二致"。

现在你是不太可能在昆明找到把生肉当作正餐的人了。但在大理，很多白族人经营的餐厅依然供应生肉、生皮。很多白族人还声称自己至少一周要吃一次。多次寻访大理之后，我也渐渐对生皮好了奇、着了迷。当地人不担心寄生虫吗？被我询问过的大部分白族人都一脸无忧无虑地否认了这种担忧，说他们没听说过任何人因此感染的。在当地一家市场，我跟一个年轻的肉贩闲聊。他正站在水泥板前，板子上摆了一只猪头和猪的其他部位，都切好了，每一块都有明显焦化的生皮。"吃生猪肉是不是有点危险啊？"我问他。他没有回答我，只是用刀割下一小块肉扔进嘴里，目光炯炯地与我对视。

作为一个坚定的"杂食动物"，生皮让我陷入了特别进退两难的窘境。我从未吃过生猪肉，在厨房里处理生猪肉时也是相当小心翼翼。但在整个职业生涯中，我一直致力于吃下中国的一切，不带偏见，也不表达偏爱：当地人吃什么，我也要吃什么。反正，大部分的饮食禁忌其实都不是出于理性，而是因为根深蒂固的文化和宗教偏好。虾和蚂蚱都是富含蛋白质的多足动物，那凭什么能吃前者就不能吃后者？但是，如果一种饮食禁忌合情合理，那该怎么办呢？

如果对肉的来源、饮食系统的总体安全性以及厨师的能力没有极高的信任，精神正常的人很少有愿意吃生肉的。在德国，生肉面包消费市场有严格的监管条例，这种食物必须保存在精确控制的温度环境下，且一定要在生产当天食用。皮萨罗曾为自己提供生伊比利亚猪肉的决定辩护，坚称这是顶级品质的肉。一般来说，猪肉里要含有旋毛虫，只有在猪自己吃生肉的时候才有可能；所以在禁止给猪喂食生肉的国家，感染这种疾病的几率越来越小，接近消失（还有一个原因，就是大多数国家的人根本不吃生猪肉）。在欧洲食用生猪肉的风险也许相对较低，但大理的人们邀请我吃的生肉却来源不明，切的时候就放在普通农家厨房的木砧板上。大理菜市场上那些肉新鲜是新鲜，可是连冷藏都没冷藏。

最终，目睹白族人把生皮作为家常便饭似乎也没产生什么不良影响，这算是一颗定心丸，于是我决定尝尝。我找了几个当地的朋友，其中一个是白族人，去了一家之前光顾过几次的餐馆，点了那道菜。上桌的时候，生皮的卖相真是漂亮。厨师用心地摆过盘，泛着黄铜光泽的肉皮被切成弯曲的片状，形如钻石，围着整齐的肉堆，那些肉看起来像金枪鱼刺身。我并非毫无疑虑，但因为之前坚称自己想要尝尝，此时已是开弓没有回头箭，要是临阵退缩就太难堪了。

猪皮出乎意料的好吃，带着令人愉悦的焦香，像熏肉一样，柔软绵滑。生肉的口味介于三文鱼刺身和鞑靼牛排之间，凉爽多汁，风味细腻可口。搭配的蘸水由炖梅子、酱油、辣椒和大蒜等多种配料调制而成，热辣鲜香，还放了许多香菜碎和熟芝麻。我们用筷子夹起小块的肉或皮，蘸了蘸水送进嘴里。好吃是一定好吃的，但吃的过程中，我心中总是笼罩着一种模糊的越轨之感。

请允许我给您建议：如果要吃有风险的东西，最好事先搜索一下可能出现的症状，而不要做"事后诸葛亮"。那顿饭之后的几个星期里，我都焦虑不已、风声鹤唳。就在吃完饭的第二天，我告诉当地一位厨师说已经吃过生皮了，他面色一沉，但还是试着安慰我。"虽然寄生虫很危险，"他说，"但你应该会没事吧，只要别在下午一点以后吃。猪都是大清早杀的，所以你必须趁寄生虫还没长起来之前把肉吃了。而且吃的时候一定要用烈酒送下肚去，这样什么虫都活不了。"我是下午六点钟吃的生皮，也没喝酒，这显然不仅是对英国常识的漠视，甚至也违反了当地的规矩：我怎么开始犯恶心了呢。

那晚夜深时分，我正讲述着自己的美食历险记，一个身在当地的外国熟人一脸骇然地看着我。原来，吃猪肉还可能染上绦虫囊虫病，会入侵大脑，引起痉挛甚至死亡。这个人长期居住在大理，他说，自己一开始并没有觉得吃生皮会有多大风险，但后来从当地医院一位加拿大医生口中听说还是会有寄生虫问题存在的。

我心惊胆战地回到自己的房间，在互联网上查阅了关于寄生虫感染的各种描述，几欲呕吐。不过，我也欣慰地发现，即使感染绦虫囊虫会有很严重的后果，但不会因为吃生肉就直接感染：只有食用他人肠道中的绦虫卵才会感染——换句话说，是因为肠道绦虫流行的地方卫生状况不佳才会感染。如果绦虫在大理真的很猖獗，那我吃沙拉和吃生皮感染的几率一样高。我也不知道是该警惕担忧，还是该把心放回肚子里。

　　谨慎起见，我还是去了当地一家医院，向一位白族医生询问了寄生虫的问题。"在旧社会，"他说，"可能吃生皮的人会得寄生虫病，但现在肉都是经过仔细检查的，感染率已经大大降低了。我们这儿的人天天吃生皮。"我问他一年大概会见到多少绦虫，而他要么是不能，要么就是不愿意告诉我："非常，非常少。"他言尽于此。

　　在多次寻访大理的过程中，我只遇到过一个人承认有认识的人的脑子感染了寄生虫——感染者正是她自己的母亲。"是做 CT 的时候发现的，"她说，"反正我妈就吃了点儿药，完全康复了。"这样的事情并没有让她或她妈妈对这道佳肴望而却步。"我们白族人在举行大家庭聚会的时候，离了它是不行的，"她说，"猪肉是经过检测的，也只有很小一部分是用来生吃的。没事儿！"

　　回到英国，我进行了一系列的寄生虫检查，结果都是阴性。为了吃个生皮，搞得这么人心惶惶，值得吗？我不确定。但我品尝的时候是相当享受的，而之后那一波又一波的不安，让我感觉即便是致力于杂食的"动物"，也应该给自己设置个限度。云南还有无数其他的佳肴任君选择。大理当地人对吃生皮的风险不以为然，尽管如此，我还是替自己做了决定：吃那一次就够了。

第三部分

心 胃 相 通

独品生蚝

（发表于《金融时报周末版》，2008 年）

一个人在餐馆吃饭，和其他一个人进行的活动一样，关键在你的认知。如果你对此心怀愧疚，觉得不该这么做，那就很可怕。换个角度，如果在你眼里，生活是一场与人共享的伟大盛宴，而一个人吃饭则是其中一道配菜，可供你换换口味、享受消遣，那这顿饭就会很美了。反正，与人共餐并不总是尽然愉悦的。如果你的饭友沉闷无聊，或者叫人讨厌，或者交谈起来没有火花、话不投机，那你还不如一个人吃呢。另外，如果你只是太累了，无法给别人全心全意的回应，那么把短暂的孤独作为寄托，也许是恰到好处的选择。

一天夜里，在纽约，我肚子饿了，但又很累，不愿意交际，于是便打了个车到中央车站，去了著名的"蚝吧"（Oyster Bar）。要一个人吃饭，这里再好不过了。"蚝吧"里铺着条格桌布的餐桌位于专门辟出的一片区域，而有相当数量和我一样的孤独食客散坐在围绕弧形吧台展开的一排排座位上。我选了个 U 形吧台坐下，面对一个手脚麻利、效率极高的东亚裔美国服务员。她站在柜台中央，忙碌地掌控着整个小空间，清理走餐具和牡蛎饼干屑，从厨房里端食物上桌，进行清洁工作，还得负责收钱。

我点了一大盘生蚝，东西海岸的都有，这边甜、那边咸。蚝上桌的时候，我很高兴自己是独自一人。像生蚝这样纯洁美好、灵光闪烁的美味，需要你全神贯注地去感受欣赏。你一定要先闻闻它们，感受海风的味道，甚至能隐隐听到海鸥的鸣叫与海浪拍岸之声。你把蚝肉从壳中剥落，挤上一点柠檬汁，来少许酒醋汁，或者甚至（在这家餐厅是这样）抹点儿加了山葵的番茄酱。然后拿起整个生蚝，硬壳抵着嘴唇，让肉滑入你的嘴，让整个身心都臣服于那冰凉的性感以及银霜一般清脆的大海之味。

一个女人独自在餐厅吃饭，衣着光鲜、心满意足，享受着一盘躺在冰床上的粗犷生蚝，这场景有种甜蜜的堕落感。这事儿我不经常做，但只要这么做，就自我感觉像 1920 年代的那些思想先进的女性，穿裤装、抽香烟；或者是 1930 年代神气活现的英国传教士，赶着骡子拉的车，穿越戈壁滩；甚至有时像玛塔·哈丽（Mata Hari）①。偶尔独自一人品个生蚝，而且发自内心地欣赏和享受，这让我觉得自己做什么都能成功。

那晚，生蚝吃完了，又上了法式杂鱼汤，是那家餐馆的特色，也给了我另一个理由为自己独自一人感到高兴。"要个围兜吗？"服务员问我。我像个两岁小孩一样，把那个塑料围领套在脖子上，印了欢快龙虾的围兜正面就这样挂在我的衣服上了。要是有人一起吃饭，我肯定会觉得不好意思；但彼时彼刻，那围兜就像一个许可，让我可以毫无顾忌，全心投入到我的晚餐当中。杂鱼汤里放了满满当当的贻贝、不好对付的蛤蜊和半只小个头的龙虾，全都浸润在番茄和藏红花混合的酱汁里——这酱汁能叫我白色的裙子变成"血案现场"。

一开始我还吃得很斯文小心，但吃到龙虾的时候，我已经顾不上礼仪形象了：用沾满汤汁的手掰开虾钳，又吸又嗍，还试图去舔掉顺着手

---

① 玛塔·哈丽是历史上最富传奇色彩的间谍之一。她出身贫苦，从荷兰的乡下女孩成为轰动巴黎的脱衣舞娘。一战期间，她周旋于德法之间，后来被以"叛国罪"的名义处死在巴黎郊外。

腕流下去的海鲜味汁水。"你做得很好，"坐在我旁边座位的一位食客鼓励我说，"看，你衣服上和脸上都没沾东西。"但场面还是很混乱，而且狂野。

然而，这种满不在乎的堕落感好景不长，等我注意到几乎坐在正对面、U形吧台另一边的那个男人，那种感觉就消失了。他身材魁梧、举止威严，面前摆着我所见过的最离谱的一盘子生蚝。那盘子跟垃圾桶盖儿一样大，堆满了冰块，布满了很多不同大小和形状的生蚝。他也是一个人，也没怎么表现出很饿的样子。他开始吃生蚝。我一直用眼角的余光充满好奇地看着：他一个接一个地大口"痛饮"生蚝，有条不紊、不慌不忙，直到把那冰块与蚝壳组成的"碎石"平原上的蚝肉全部吃光。

当晚，我是最后离开蚝吧的客人之一。那个服务员一边麻利地打扫，一边把我的账单递过来。"求你了，"我忍不住地祈求她，"给我说说那个男人刚才点了多少生蚝。"她哼了一声，把一只手在眉毛边挥了一下，像是在说"疯子！"，接着开口道："服了，你自己看吧。"她把那男人的账单副本打开，从吧台对面推给我。眼前这张单子上列出了每只生蚝的名字和产地，一列一列的，一共五十六只，总价是将近两百美元。

和如此的奢侈放纵相比，我那八只不同种类的生蚝和一碗杂鱼汤突然变得十分悲惨可怜。我离开餐厅时，就像一个六岁的小女孩涂了妈妈的口红、穿了她的高跟鞋、吸着巧克力香烟一样，拥有着虚张声势的狂野和大胆。

食色性也

（发表于《金融时报周末版》，2007 年）

　　桌上摆着蜡烛，葡萄酒冰镇就绪，背景音乐是轻柔的古典乐。皮耶罗到了，我为我们的晚餐进行最后的润色。我以川菜的方式红烧了整条鳟鱼，加了豆瓣酱、姜、蒜和葱。我还准备了一些新鲜清爽的蔬菜。我们各自就坐。我给他弄了点鱼肉，轻轻地放在白米饭上。这顿饭我是花了大心思的，希望打开皮耶罗的味蕾，也唤醒他的欲望。到头来，我的计划却失败了，不过是以最意想不到的方式。

　　皮耶罗吃得过于投入，根本就忘记了我的存在。他的舌头爱抚地摩挲着丝滑的鱼肉，舔舐着那多种风味融合的浓郁酱汁；吃着吃着，他竟然陶醉地闭上双眼，举起叉子，以意大利人的方式击打着空气。他呻吟着、喃喃着，我则坐在原地，用手指轻轻地敲打着桌面。他飘到天上去了，去了某个只属于他自己的极乐世界。我已经失去了他。我什么也做不了，只能埋头一边自顾自地吃鱼，一边叹着气。我冷静严肃地反思了一下：要是自己穿着低胸露肩装，展示丰满的胸部，随便往吐司上放点罐头豆子，可能会更成功吧。

　　我一直坚信，凭我的厨艺，"勾引"男人不成问题。小时候我的人生榜样是泽拉达，童书作者托米·温格尔（Tomi Ungerer）一本图画书的女主角。她让一个食人魔明白了世界上有比小孩更美味的东西，从而拯救了整个小镇，使其免遭威胁。从七岁起，我就会凝视着书中的一幅幅图画：泽拉达在父亲的厨房里构想食谱，在火上烤乳猪，或者在挂了野兔和雉鸡的厨房里装饰蛋糕……我渴望成为像她一样的女人，这其中还有个最重要的原因：泽拉达最后和食人魔结了婚，对方剃掉粗糙蓬乱的胡子，那下面藏着一张英俊的面孔；从此，他们过上了幸福的生活。

轮到我自己的时候，企图用厨艺赢得男人的胃再赢得男人的心，结果都很灾难。我想，这一切都始于我大学里交了个"厌食症"男朋友。他漂亮得惊人，会写诗，会带我去看戏剧，但和食物却"相处"得不太好。他觉得食物是危险的东西，必须小心翼翼地吞下，再通过在健身房长时间锻炼来代谢掉。那时候我还年轻，缺乏相关的经验，并不真正理解为什么我俩共进晚餐时，自己总会想起不吃肥肉的杰克和他不吃瘦肉的老婆。

后来，在伦敦工作时，我逐渐对另一个男人产生了强烈的恋慕之情，也为他做了饭：一只烤鸡，涂抹上柠檬汁和上等橄榄油，撒上各种香草。那只烤鸡在我的同类烹饪史上也算是佼佼者，但他却对自己的体重十分神经过敏，所以去掉了那金黄的脆皮，也就是整只鸡最精华的部分，将其放在自己的盘边，任上面的鸡油慢慢冷却凝固。我想，从那一刻起，我对他的感觉就变淡了。

再讲讲更近的故事。我跟一个男人约会了几次，只要我一提某家特别喜欢的中餐馆，他就一脸紧张的表情。"如果你带我去那儿，"他说，"应该会逼我吃各种各样虾米一样的东西吧。"他坦承，自己对一顿好中餐的概念，就是咕咾肉。"哦，我做得一手好咕咾肉。"我满怀希望地说。"这不就对了吗！"他说。可是我的心略微一沉。我花了这么多年研习中餐烹饪的艺术，到头来就是为了这？做咕咾肉？

最可怕的灾难，是我为一位严格素食者做的一顿晚餐，他还怀揣着追求纯素①的雄心壮志。此君英俊有趣，但从做人的哲学上根本反对享

---

① 纯素和素食略有不同，纯素主义者除了不吃肉、蛋、奶，也不用任何动物产品。

乐主义，并坚称自己感受不到美食带来的乐趣。我怀着厨房魔法的巨大能量可以让人回心转意的坚定信念，没有理会他。我花了好几天的时间思考要做什么给他吃，甚至还翻阅参考了《厨房里的维纳斯》（Venus in the Kitchen）等"催情菜"食谱；不过，这些食谱一提到牡蛎与鹅肝催情的可能性都是滔滔不绝，但关于蔬菜的部分却有些单薄。

　　我可不想做得太过复杂，吓着我这位崇尚清苦简朴的仰慕者：华丽的酱汁或奢侈的香料都可能让他起戒备之心。而且我也不想走邪门歪道，不会考虑偷摸地在扁豆冻里面藏点儿蚝肉碎或鹅肝碎。这一餐必须做得简洁朴素，但又要带来极其出色的感官享受，要非常美味，让他情不自禁地被感动，抛开自己所有的原则和理念。我先做了一些开胃菜：茄子切成片，盐腌之后煎成飘着丰厚黄油香味的厚片，配上香气扑鼻的浓稠酸奶和新鲜芳香的莳萝组成的诱人蘸酱。还有一些烤得微焦的红椒条，发着幽微的黑光，带着烟熏风味，在舌尖上湿润绵软地散开，再配上新鲜出炉的土耳其面包。主菜我准备了一道波斯炖锅，加了黄豌豆、榅桲，用姜黄和藏红花调味。上桌时我在表面上点缀了炒松子、焯过水的菠菜，又配上了蒸白米饭。是的，这是一顿简单的便饭，但感觉很对。最终每道菜的味道都特别好，每吃一口我就陷入某种"聚焦"状态，被迫给予其短暂的全神贯注。

　　我羞涩而急切地等待着这顿饭作用于这位男伴。但什么也没发生。他把食物放进嘴里，咀嚼几下，咽下肚去，敷衍地说了些"真好吃"之类的话。但再清楚不过的是，我的努力全都白费了，他个人的"里氏快感震级量表"没有因此出现一丝波动。我们继续聊天，吃完了这顿饭。但他对食物的无动于衷，让我觉得凄凉孤寂，内心死去了一点点。那晚结束得很糟糕，我再也没跟他见过面。

　　是对快乐的认知不对路吗？当晚深夜，我思虑不已，眼前浮现出一群科学家将我们两人连接到一大堆电极上，监测我们在某个餐厅共进美妙的午餐。就假设在"肥鸭"餐厅吧。我们礼貌地交谈，头上连接的电线五颜六色地纠缠在一起，就像那种老式的蜂巢吹风机。第一道菜上来了，一块鹅肝浸在鹌鹑清汤里，下面是青豌豆泥组成的一股潜流。我们开动了，监测我的机器显示我的大脑有了一连串活动，嗅皮质轻微地波动起来。但他那台监测器没有任何变化，还是平稳单调的"哗哗"声，一条直线贯穿始终。科学家们检查了线路，扭动了几个插头。但事实就是如此，没有接触不良的毛病，是他的内部线路出了问题。他舌头上吸收甜味和咸味的感官，鼻腔中搜集香味的纤毛，和他那除了对食物之外都很高能的大脑之间，就是连接不起来……

那顿不幸的晚餐过后，第二天我起得很晚，往玻璃杯里挤了两个橙子的汁，喝着那甜美的汁水，突然涌起一阵愉悦。午饭的时候我想也没想，就买了一块很大的牛排，亲手烹制并吃掉了这还粉嫩带血的美味。

反过来，我也一直坚信，要是有人给我吃对了食物，我就会跟定他。对我来说，食物和爱情是统一连续的：我不确定自己是否清楚到底哪个是起点哪个是终点。不是每个人都能看清这一点，如果看清了，就会让人略感不安。不久前的一顿晚餐，我的对面坐了一位年纪稍大、极富吸引力的男人。那顿饭非常精彩，同伴赏心悦目，我一边吃，一边感觉自己平时的戒备和收敛都慢慢融化了。我感觉焕然一新、神清气爽，而且完全赤裸，好像某一刻我甚至热泪盈眶。我觉得别人可能都没注意到，但这个男人——嗯，他注意到了。那是一个奇妙的亲密时刻：我们身在一个餐馆，旁边坐着其他人；但是，如果我们一起赤身裸体地躺在床上彼此依偎，他可能就无法更充分地认识我了。我敢肯定，他也很清楚这一点。这种由食物表达的特殊语言并不通用，但能说这种语言的人，我们能够理解彼此。

我有个男性朋友，我俩在美食方面的关系可谓天作之合，然而我们却从未做过恋人。他和我，我们一起吃饭，共同分享一种几近心醉神迷的愉悦。我们分享一盘新鲜小龙虾，用手指捏着去蘸颗粒感很强的蛋黄酱。我知道他的感觉和我的感觉是一样的，反之亦然。我理解他烹饪的食物，这种理解正是他所期望的；他也比其他任何人都要爱我做的食物。在食物方面，我们实在是"王八对绿豆"，趣味相投。从某种意义上说，这是一种深入而完美的共鸣；但我俩谈起话来却并不总是特别轻松愉悦，友谊也起伏不定。与此同时，我还在给禁欲的、节食的、英国的、厌食的……形形色色的男人做饭。命运似乎故意将我作为开玩笑的对象。

正值亟需之际，食物的"诱惑属性"却如此深奥、难以捉摸，事情何至于此？根据我的经验，不可抗拒的，永远是意外的狂喜。数年前我暂居罗马，与一位美国建筑师聊起天来。我们觉得彼此都很有趣，有几天时间都拿着素描本一起四处游荡。他打开了我在文艺复兴时期建筑美学方面的眼界，引领我去发现坦比哀多礼拜堂（Tempietto）① 和卡比托利欧（Campidoglio）广场②。第二天深夜，我们晃荡到特拉斯提弗列区（Trastevere）③，觉得又累又饿，决定去吃点披萨之类便宜又饱足的东西。我俩身上都没多少钱，之前基本上都在免费享受罗马的乐趣。

我们在一条窄巷中巧遇一张摆满开胃小菜的桌子。时间过去这么久，当时的细节已经回忆不起来了，只隐没在一团朦胧雾气中，飘散着诱人的香气，弥漫着绘画大师般的色彩。我只记得，桌子上展示的菜品如此引人入胜，我们根本走不动路，于是决定在店里尝几道简单的开胃菜，再继续搜寻披萨店。我们坐在户外的一张桌子旁，服务员展开洁白崭新的餐巾铺在我们的膝盖上。我们决定来点伴餐酒。结果，那些蔬菜，那光滑的茄子和鲜嫩的洋蓟心，仿佛有着神奇的魔力。这些开胃小

---

① 位于罗马的一座小教堂，被公认为文艺复兴全盛期的登峰造极之作。
② 罗马著名广场，罗马市政府所在地，其中有三座著名雕像，中央就是著名的皇帝骑马铜像。
③ 罗马富有特色的老区，具有浓厚的意大利风情，非常热闹且充满活力。

菜仿佛牵着我们的手，让我们无法抗拒地点了主菜，再点了甜品。不知不觉间，我们就来到地下室，在那有壁画装饰的古老罗马蓄水池中喝起了香槟，那时候已经午夜时分。（我们是被领班邀请下去的。我猜他应该是看到我俩身上散发的幸福之光，错认为我们是度蜜月的新婚夫妇。）

那天晚上，一切都在发光。我们沿着台伯河（Tiber）河岸漫步回家，脚步轻盈，心情愉悦，身后仿佛留下一串串闪光的云彩。然而，我怀疑如果我们是刻意去寻找浪漫，最后只会吃到一个湿软的披萨饼。也许正因如此，尽管我在烹饪方面下了那么大工夫、做了那么多努力，如今却仍在等待属于我的那个食人魔。

热情如火

（发表于《金融时报周末版》，2005 年）

一次晚餐聚会上，我遇到一个好奇心旺盛的男人。我们聊着聊着，话题渐渐转到食物上来：只要我解释自己到底是干什么的，情况通常就会如此。我很惊讶地听他说自己并不喜欢"吃"，甚至可以说是讨厌"吃"。"食物把我们与肉体、下贱的天性与必死的命运联系在一起，"他说，"如果你以吃为乐，就会忘记去追求更高尚的人生目标。食物令人堕落，食物奴役人类。坦白说，如果我不是非要吃，我就不会吃。"他继续讲着，说自己在智识上认同斯巴达派简朴、禁欲的生活，也早就拒绝吃肉了，因为这是他能做的最接近于完全不吃东西（而又活着）的事情。

我毫不掩饰自己的难以置信，并从各个角度向他"开火"。先是从智识角度：如果你如此惧怕成为肉体的奴隶，为何还要抽烟？（这点他承认了。）然后是营养学角度：好的烹饪和饮食是健康与幸福的基础，所以如果能够鼓励人们通过多样化又平衡的饮食来养活自己，享受美食又有什么坏处呢？再上升到道德层面：如果通过食物获得乐趣其实可以激励人们去追求你万分关心的更高尚目标，又该当如何？（遗憾的是他还没看过《巴贝特之宴》①——我敦促他立即去看。）还有社会角度：吃，能让家人团聚、朋友相见、拉近距离；要是没有了吃，社会不就分崩离析了吗？以及情感：要是你不喜欢吃，活着还有什么鬼意思啊？

让我来详细阐述一下自己的观点。从记事起，美食就一直是我最大的乐趣之一。孩提时代我就乐于下厨房。九岁的时候我已经爱上了大蒜黄油蜗牛。我十几岁时的青春日记不仅充满了关于班级政治的焦虑、情场失意的痛苦，还有各色食谱以及对美食情有独钟的描写。我妈甚至宣称，她记得我还是个婴儿的时候，第一次尝到固体食物，脸上容光焕发的喜悦。

所以，这个男人与我的交谈，倒不如称之为笃信"天圆地方"协会的成员和天文学家的对话。劝服他转变的几率：零。但我竟然对与他的这种对话产生了一种奇怪的迷恋，并且周身都被美好的感觉与怜悯之心所淹没。之前我也不时有过这样的经历。比如我曾遇到过一个可爱的八岁小女孩，她除了罐头肉酱拌意大利面之外，几乎什么都不吃。这些都是"巴贝特盛宴"①的时刻，我也总是确信，劝服对方转变一定是有可能的。只要时机对了、饭友对了、饭菜对了，那些可怜的迷失的灵魂啊，他们的眼界会被打开，他们的舌尖会如花朵绽放，他们会发现食物不只可以作为支撑生命的养料，也可以是一种爱的力量，甚至带来灵性的顿悟。

我一生中见过不少这样的人，他们吃着简单朴素的食物长大，而后来遇到真正的美食，涓滴成海，慢慢融化了他们心中的坚冰。我之前有个室友伊恩，搬进我家时奉行的饮食"养生之道"主要是超市里打折的闪电泡芙和蛋黄酱意粉，处理一下直接端着锅子吃。我震惊不已，于是在两年内担任了他的"饲养员"，让他吃我试做出来的四川菜，也带他入了烹饪的门。现在，他经常在周日邀请我去他家吃丰盛的午餐，烧鹅美味，配菜琳琅。但最伟大的一场"政变"，要数我母亲把我写的川菜谱借给她的一个朋友，一位住在静谧的圣公会修道院的修女。她还书的

---

① *Babette's Feast*，1987 年上映的丹麦电影，由同名小说改编。故事梗概是在丹麦的一个小村庄，曾是法国大厨的女佣巴贝特为自己的雇主及村民准备了丰盛的晚餐，让虔诚信教、一生禁欲的人们初次享受到美食之乐。

时候还留了个言，说自己之前从未意识到，食物能够承载这么大的意义。如果一个远离尘嚣的修女都能被饮食的喜悦所说服，那么一切肯定是皆有可能的吧？

就在那一晚，那个质疑发问的男人相当有吸引力，所以我们在意识形态上的对峙更显机锋。我想起电影《热情如火》（*Some Like it Hot*）中的一幕，托尼·柯蒂斯（Tony Curtis）扮演的男主角假装自己是坐拥游艇的百万富翁，以此勾引到玛丽莲·梦露扮演的女主角与扭捏而冷感的他来了激情拥吻。这个男人越是自称不为饮食乐趣所动，我就越渴望去打动他。不管他在美食方面的"冷感"是发自内心，还是只是战略，是装出来的玩世不恭，这副样子肯定达到了"热情如火"的效果。因为对话半小时后，我唯一的渴望，就是把他钉在一把躺椅上，强喂他吃下一勺勺奶油布丁。我可能没有玛丽莲·梦露那样的性感美貌，但我做的奶油布丁是很好吃的，我还没遇到过谁能抵抗这等美味。所以，我站在那里，摆出一副美食传教士的姿态，一脸向往地看着这个"异教徒"、这个可怜的流浪儿、这个亟待拯救的灵魂。

而他也一脸向往地看着我，但更多是出于智识上的好奇，而非某种渴望。所以我们在那里站了一会儿，陷入"不共戴天"的战斗：铁血无情的斯巴达派，对阵用藏红花与玫瑰的迷幻香气当作武器、骄奢淫逸的"波斯人"。接着，另一位客人插嘴进来寒暄了两句。我俩之前因为美食构建起来的脆弱性感张力被打破了，时机已逝，聚会也很快就散了。

杂食动物养育指南

(发表于《金融时报周末版》，2018 年 11 月刊)

我妈怀上我不久，她的祖母为她订阅了《蓝带》（*Le Cordon Bleu*）杂志。我妈每拿到一期就专心致志地阅读，还从中自学了经典法餐的基本技巧。她不是在做荷兰酱或泡芙酥皮，就是满怀热情地在参照各类食谱下厨，其中有克劳迪娅·罗登的《中东美食》（*Book of Middle Eastern Food*），还有各种从折扣店和慈善商店淘来的外国食谱书——她越买越多。所以，即便还在娘胎，从一些伟大的世界佳肴中提炼出来的精华就在滋养着我。我一直怀疑这是参与塑造我命运的早期影响。

据说，婴儿时期的我总是饿得嗷嗷待哺。我妈到现在还收着一盘录音带，记录了我贪婪吮吸着母亲乳房的声音。她的乳汁本身一定含有丰饶的美食风味。我母亲在 1950 年代的萨里郡长大，她吃的东西，在那个时代看来，国际化得非同寻常。她的父亲是奥地利犹太人和英国人的后代，在维也纳度过了一段童年：直到生命将逝，他的早餐还是黑面包配腌肉奶酪。他也热爱烹饪，不仅爱做中欧菜，还喜欢做咖喱，因为战时他在锡兰和缅甸做过突击队员，喜欢上了那里的特色饮食。我的外婆因为很难买到意面之类的外国食材而郁郁寡欢，甚至一度开了个熟食店。我妈年轻的时候在伦敦工作，会从外国朋友那里收集各种菜谱，这些朋友有来自肯尼亚的印度人，还有希腊人和阿拉伯人；等有我的时候，她的饮食已经非常多样化了。

我妈说，她永远忘不了我第一次尝到固体食物时，那胖乎乎的小脸上突然焕发的狂喜。那种饮食带来的强烈愉悦永远留在了我体内，再没离开；我说出的第一个带交流功能的词是"还要"（more）。我们家在牛津，妈妈在那里给外国学生教英语。这些学生总要征用我们的厨房，做一顿充满思乡之情的大餐。土耳其人会做青瓜酸奶酱"卡西克"（cacik），还会在烤架上烤羊肉丸子。一次日餐聚会上，有个调皮的学生拎着一条巨大的生鱼悄悄溜到我身后；我还记得自己当时转身对着那条鱼张开的大嘴，吓得不轻。伊朗人和也门人会来串门儿，带的礼物也是食品。有个日本女孩在我们家住过一阵，早餐会给我们做"兔兔苹果"（将苹果片切成长耳朵的形状）和日式饭团。我妈会把大家的食谱都记下来，就算这些学生已经毕业离去多时，他们的菜色却在我家厨房里保留了下来。我们的食品柜是充满草药与香料的宝库，从小茴香到红椒粉再到阿魏①，应有尽有。

　　童年时代的我们当然是极尽挑剔的"小恶魔"。我们不喜欢每顿饭都要被迫吃蔬菜，之后还得吃水果。我们更希望能靠冰淇淋、奶酪、土豆和巧克力过活。但那时候的小孩子通常享受不到"专人专菜"的服务，大人往我们盘子里装什么，就得全部吃光。我们唉声叹气，我们大闹餐桌，上演"扁豆咖喱之战"这种"大戏"——对这个菜我们可是积怨已久——最终又答应了尝尝扁豆，结果很喜欢，从此和扁豆"过上了幸福的生活"。我们根本不了解大部分英国人眼中的"正常饮食"是什么样子，这对我妈来说很是有利。牧羊人派之类的传统幼儿食物偶尔会出现在餐桌上，但都只是一场"大秀"中的匆匆过客，其他"表演者"包括法式什锦炖豆子、非洲黑眼豌豆沙拉、匈牙利红烧牛肉配团子、塞羊心、黎巴嫩塔博勒沙拉和自制酸奶。所有人都在一起吃饭，无论大人

①　一种以植物树脂制成的块状药用物，有强烈持久的蒜样气味，味道辛辣，嚼之有灼烧感。

小孩，也不会为难以取悦的婴儿小祖宗们单独准备什么菜。

我母亲还是一位出色的战略家。在我们闹脾气的时候，她通常会想起来：哎呀，本来是要给我们吃巧克力布丁的，但遗憾的是，只有吃完了春季蔬菜的小孩，才吃得上布丁。她把人陷于如此无法选择的境地，我们真是气得冒烟，但又只能把盘子里的菜先吃光。不过，她最高妙的计策，是规定我们可以选择三种不吃的食物，条件是其他所有东西都得吃——这样算是授予了我们选择权，又让我们非常认真地去思考最最讨厌什么食物（我那时候选择的三种"食物天敌"是蘑菇、防风草萝卜和茄子）。她还润物细无声地向我们灌输了这样一种观念：如果有人不辞辛苦地为你做了饭，你还要抱怨，那就太不礼貌了；饭桌上禁止出现"我不爱吃！"这句话。

另一方面，在我们的成长过程中，做饭和吃饭都被视为快乐源泉。我妈总是渴望去品尝新菜，越不寻常越好，还会对不熟悉的菜品进行法医一般认真详细的分析，努力去猜测做法过程。我还记得自己看着她的样子，心想："我也希望能像她一样。"她还鼓励小孩参与烹饪。我妈向我展示了如何捏住新鲜草药的叶子，使其释放香气；在菜市场上如何轻轻捏捏水果，看是否成熟；她教会我如何细切洋葱、做乳酪面粉糊、擀酥皮、给鸡拆骨。我会站在炉灶前的椅子上，搅着锅里的东西。"加点儿盐怎么样？"我妈会说。"加多少？"我会问。"尝一尝，看需要多少。"她如此回复。这责任好大啊，我惊呆了，而且有点胆怯，但还是抖抖索索地加了盐，慢慢有了自己的味觉标准，信心也逐渐增强。我妈从没节食减肥，从没提过体重，也从没说过吃是罪恶感的来源。最近，她说这是一个有意识的决定：很多女性痴迷于节食，她们采取的方式让我妈深感痛惜，所以下定决心绝不会在自己的女儿们面前说类似的话。她把所有健康饮食之道对我们倾囊相授，比如饭菜是由蛋白质、淀粉和蔬菜组成的，比如维生素和矿物质，以及厨房卫生和家政方面的规矩——但我至今也不知道食物卡路里究竟有什么实际意义。妈妈经济拮据，再加上孩子哭闹，还遭受抑郁症发作之苦而精神衰弱。可是我们的每一顿饭菜她几乎总是从原料开始一点一滴地做起，这在很多时候一定都很辛苦，但整体说来，她从未丧失对下厨的热爱，也总能够将这种享受传达给她的孩子们。

中学时期，我逐渐觉得妈妈古怪的口味有那么一点叫人尴尬。我那些朋友们的父母有时候提到她做的生鸡蛋、山羊奶酪和鹰嘴豆泥，都会皮笑肉不笑地嗤之以鼻——即便是在整体上思想前卫先进的牛津，她那些食物也怪得叫人震惊。十二岁时，我和一位朋友办了人生中第一场烛光晚宴（主菜是我做的，按照塞恩斯伯里超市的一个菜谱做了道香肠腰子砂锅）。十四岁时，我已经是厨房里快乐的掌勺人，不仅做蛋糕和饼干小菜一碟，还会做常规、健康和经济的家庭日常餐食。放假时我们一家人去欧洲露营，我也会记下菜谱，寻觅新的美味。尝、烹、吃——并在其中获得超凡乐趣——已经成为一种习惯，并将定义我人生和未来事业。如果说我们的家常便饭是"全球食谱大游行"，那么圣诞节的时候，英国传统便会大显一日的身手。我记忆中那一天里食谱书从未被使用过，我的曾外祖母、外祖母和母亲好像对要做什么总是成竹在胸。时光流逝，我也逐渐掌握了这场富有仪式感的晚宴的所有元素，这也一直是我自己作为英国人民族身份认同的核心，我将自己投身于外国文化影响的大漩涡之中，而这个核心，就是稳住我的锚。

小时候，面对一盘盘的胡萝卜和豌豆，我气鼓鼓地发誓，一长到有权选择的年纪，就不会再碰蔬菜，只吃垃圾食品。但我妈在饮食方面的教化灌输（无论是胎教还是我出生以后）太成功了，我一离开家，就发现自己在根深蒂固、无法抗拒的直觉驱使之下，重现了家中均衡饮食的规则：吃水果和蔬菜，为朋友们做一顿从原料开始的大餐；我的妹妹与弟弟都是如此。

1990 年代中期，我旅居中国，那时的我已经万事俱备，完全能应对饮食上的挑战：充满好奇心，什么都愿意尝试，也很礼貌，甚至可以吃下我一开始十分排斥的食物。也许从"扁豆咖喱"那一课开始，我就在某种程度上意识到，厌恶情绪很多时候是一种心理建设，我可以在通往享乐主义的路上克服这种心理建设。我就像曾经那个贪吃的婴孩，仍然愿意把几乎任何东西放进嘴里，越惊人越好。发酵的龙虾内脏、臭豆腐、黏糊糊的海菜、嘎吱嘎吱的软骨：这些我都很爱吃，它们是那么反常规、新奇、多余和怪异，正是它们深得我心的原因。成人后的我，脸上仍然会因为美食带来的愉悦而焕发光彩，我也会试图通过这种方式来把愉悦传递给他人，来解释世界上一些美好的奇迹。而这所有的一切，都得感谢我妈妈。

第四部分

食 之 史

左宗棠鸡奇谈

（译者按：本篇原注较多，故所有注释，若无特殊说明，均为作者原注）

（发表于《牛津食品与烹饪研讨会论文集》，"厨房里的真实"，2005年）

两年前，我决定前往中国，到位置偏南的湖南地区研究当地美食，行前只能做很基本的功课。我能找到的唯一一本专写湘菜的英文书，是《钟武雄中餐湘菜谱》（*Henry Chung's Hunan Style Chinese Cookbook*），由1970年代一位旧金山的湖南籍从业者所著。我自己在食物和烹饪方面的中文藏书十分丰富，但就算在那其中，我也很难找到关于湘菜烹饪的知识信息。而在网络搜索结果和美式中餐食谱当中，有一道菜的名字总是一次又一次地出现：左宗棠鸡（英文是"General Tso's chicken"）。在美国东部，这道菜似乎已经成为湖南菜的代名词。

左宗棠鸡是用中式炒锅做的一道菜，大块的鸡肉（通常是颜色较深的鸡腿肉）挂上面浆，油炸后裹上加了干辣椒的糖醋酱汁。酱汁的确切成分众说纷纭：有的菜谱里会加海鲜酱，有的会加番茄酱。这道菜广受食客欢迎，不仅出现在所谓的湘菜馆的菜单上，而且在很多主流中餐馆的菜单里，左将军也是榜上有名。

这道菜是以左宗棠（英语中除了拼音，另一个音译是"Tso Tsung-t'ang"）命名的，他是十九世纪一位令人敬畏的大将军，据说他很喜欢吃这道菜。左宗棠于1812年出生在湖南省湘阴县，卒于1885年，在清朝的民生与军事管理方面均建功立业、成就辉煌。他成功指挥了平定

"太平天国"起义的军事行动，还平定了另一场史称"捻军起义"的农民运动，以及中国西北部一场暴动。左宗棠从叛军手里收复了中国西部广袤的沙漠地区新疆，因此声名显赫。[①]湖南人尚武重兵有着悠久传统[②]，除了组建湘军的曾国藩之外，左将军也是那里最著名的历史人物之一，当然还有新中国的领袖毛主席。

中餐中很多菜肴的命名都是为了纪念某个据说很爱吃那道菜的名人。比如，川菜里的宫保鸡丁，就是以丁宝桢命名的，他于十九世纪任四川总督，后来又得了个荣誉官衔，人称"宫保"。湘菜中的宴席菜"祖庵鱼翅"，名字来源于二十世纪早期民国政府主席和传奇美食家谭延闿（字祖庵），他和自己的家厨曹敬臣一起创造了这道菜。更近的还有全湖南的餐馆以及北京、上海等城市的湘菜馆都开始供应的"毛家红烧肉"，这是毛主席最喜欢的一道菜。我提到的这些菜全都出现在地方菜系的菜谱和地方菜馆的菜单上，它们与相关名人的关系也广为人知。

虽然左宗棠鸡完全符合这一传统，人们却普遍认为这道菜来自美国华裔的杜撰发明。不过，关于其确切起源的说法多种多样、大相径庭。《华盛顿邮报》曾经刊登过一篇文章，题为《谁是左将军，我们为什么要吃他的鸡?》。作者迈克尔·布朗宁（Michael Browning）以一种不知从何而来的异想天开提出疑问，移民来美的中国人把这被剁成鸡块的菜命名为此，是不是因为"左将军"对叛军展开了"残酷无情的反击，无数人被他剁得粉身碎骨"，就像鸡块? 他还引用了罗因非（Eileen Yin-Fei Lo）在著作《中餐厨房》（*Chinese Kitchen*）中的话，说这道菜是经典湘菜"宗堂鸡"[③]，即"祖宗堂上鸡"[④]。埃里克·霍克曼（Eric A. Hochman）

---

① Hummel (1944) p. 762。
② 当地老话说："无湘不成军。"
③ 书中用的是粤语发音的拼音"chung ton gai"。——译者
④ Browning, Michael (2002).

在他的线上"权威左宗棠鸡网页"（Definitive General Tso's Chicken Page）中表示，这道菜是 1970 年代湘菜和川菜刚出现在纽约时，由该市东 44 街上一家餐馆的厨师"彭师傅"发明的①。布朗宁在他的文章最后又引用了曼哈顿另一位餐饮从业者汤英揆（Michael Tong）的话。这位汤先生声称，是自己的前合作伙伴、"才华横溢的中国移民大厨王春庭（T. T. Wang）想出了'左宗棠鸡'的菜谱，它有时候又叫'春将军鸡'或'庭将军鸡'"②。

可以肯定的一点是，这道菜在哪里都很出名，在湖南本地却寂寂无名。2003 年，我第一次去湖南，提起这道菜时，面前的每个人都眼神空洞。但凡有点权威的湘菜食谱，没有一本提到关于这道菜的只言片语，其中包括由国营企业湖南省副食品公司和长沙餐饮公司合编的《湖南菜谱》③、湖南科学技术出版社近期出版的一系列权威的湘菜谱，以及老一辈湘菜大厨石荫祥的《湘菜集锦》④。这些书囊括了整个湘菜体系的经典食谱，比如祖庵鱼翅、东安子鸡和腊味合蒸，但根本没提到左宗棠鸡或任何与之哪怕有一点相似的菜。

过去两年来，我在湖南度过了大段大段的时光，也从来没见过哪家餐馆的菜单上出现这道菜。我遇到的人中，唯一听说过这道菜的，是省会长沙专业厨师小圈子里的成员。其中之一是湘菜名厨许菊云，他录制了一套 VCD，在里面展示了十九道经典湘菜的做法，就包括了这个菜。还有一位是中国烹饪协会湖南分会创立者杨张猷，他在《湘菜》当中用了一页的篇幅来介绍左宗棠鸡。这本书所属的书系介绍了中国的"八大菜系"。杨张猷在该菜谱后面的附言中写道："相传清朝著名将领左宗棠

① Hochman, Eric.

② Browning, op. cit.

③ 湖南省副食品公司、长沙餐饮公司（编）（2002）。

④ 石荫祥（2001）。石荫祥于 1917 年出生于长沙，曾在湖南省委接待处担任总厨，也是以这个身份，在毛主席几次返回故乡湖南时，负责这位领导人的饮食。

喜欢吃以这种方式做成的鸡……这道菜广受欢迎、声名远扬，至今仍是众多中外餐馆的招牌菜。"①长沙美食界另一位领军人物、国营企业长沙餐饮公司领导刘国初在 2005 年出版的一本书中写道："左宗棠鸡得以传世，全靠他的名气……左宗棠很爱吃这道菜，于是它就有了很大名气，广为流传，成了一道著名的传统湘菜。"②

这些关于左宗棠鸡是一道传统湘菜且将军本人很爱吃的断言，是经不起任何推敲的。首先，如果有任何蛛丝马迹的证据能将真正的左宗棠和这道以他命名的菜肴联系起来，那这道菜似乎不太可能湮没无闻，不被公众所知。中国人对名人和食物之间的关系有着近乎狂热的兴趣。老字号的餐馆会展示从古至今的政治军事名人留下的墨宝，内容是赞扬这家餐馆的烹饪技术，还会挂上到访名人的照片。长沙餐馆火宫殿出版了一本纪念相册，收录了十五名品尝过其小吃的名人，包括曾国藩和毛主席③。要说人们真的"忘记"了传奇将军左宗棠和这么一道菜的历史关系，那也太不符合中国的文化特色了。（对比一下川菜宫保鸡丁，成都的每个出租车司机都是张口就提这道菜的。）

有没有这种可能：左宗棠鸡的历史记录在那些动荡的年代中被删除了？和前面一样，这应该也不太可能。的确曾有些具有皇家或封建意味的菜肴被重新命名。比如宫保鸡丁就曾被改名为"煳辣鸡丁"，1988 年出版的一本官方食谱还沿用了这个名字。④ 1976 年出版了一本官方湘菜谱，里面收录了一个食谱，明显就是谭延闿的"祖庵鱼翅"，但名字却将其与这位国民党军官的关系模糊了，只简单地叫"清汤鱼翅"⑤。然

---

① 林世德、杨张猷（编者）(1997) p. 104。
② 刘国初（编者）p. 102。
③ 火宫殿宣传册和火柴盒包装影集，2003。这家餐厅以博物馆展品的规格陈列了一把看上去平平无奇的扶手椅，因为 1958 年毛主席来此进餐时曾坐在上面。
④ 成都市饮食公司川菜技术培训研究中心（1988）。
⑤《湖南菜谱》(1976) p. 315。

而，鉴于左宗棠将军只是清朝的军事英雄，并非解放战争战败一方的军官，他最喜欢的菜肴似乎不会遭到同样的待遇。除此之外，后来宫保鸡丁和祖庵鱼翅迅速恢复了原名：两者因为某些原因遭遇的污名只是过眼云烟。

如果左宗棠鸡的确是来自某个曾经失传已久、近期又被重新发现复兴的湘菜谱，鉴于餐饮行业竞争激烈，老百姓又对与名人有关的菜肴特别感兴趣，对新菜式和创新烹饪有着持续不断的需求，前面提到的那些名厨和美食作家不将这道菜重新介绍给湖南公众的可能性是很小的。

左宗棠鸡并非传统菜肴，最有力的证据在于其本身的特性。这道菜里有一些传统湘菜的元素，特别是辣味和酸味的结合（这里用的是干辣椒和醋）。不过，大部分左宗棠鸡的菜谱里都要用到大量的糖。特别值得一提的是湖南名厨许菊云，他在 VCD 中展示这道菜时，往酱汁中加了满满两勺糖，所以成菜就会有明显的酸甜味，再加一点炒香辣椒的辣味。如果是做川菜，这不足为奇，因为四川人调味丰富是出了名的，一道川菜里混合甜、酸、辣的味道是常事。

然而，在湘菜的烹饪中，糖通常并不出现在餐馆的调味料备菜区，也很少添加到咸味菜肴中。湘菜的主味是咸、辣和酸；甜味在很大程度上只是做个辅助补充，出现在少数甜汤、包子和其他不在饭点吃的甜食中。尽管有些湘菜谱中有糖醋里脊、加甜味番茄酱的各种菜肴以及加冰糖调味的滋补汤羹，但这些菜肴其实很少会真正出现在当地餐馆和家常的饭桌上。

2004 年秋天，我去了台北的"彭园"湘菜馆，在那里才被引向了左宗棠鸡真正的起源。采访菜馆经理之前，我翻阅了菜单，注意到一道菜叫"左宗棠土鸡"，译名是"Chicken a la Viceroy"（总督鸡）。采访期间，餐馆经理彭铁诚告诉我，是他的父亲彭长贵创造了这道菜。彭铁诚说，他父亲第一次做左宗棠鸡是在 1950 年底负责国民党台湾当局各种活动的餐饮工作时。这道菜出现在各种所谓的"国宴"菜单上，包括款待 1955 年到台北执行秘密任务的美国海军上将亚瑟·雷德福（Arthur Radford）的那些宴会。

彭长贵本尊高大威严，已逾八十高龄，完全记不清自己首次做这道菜的确切时间，不过也说了是在 1950 年代的某个时候。"在那之前，左宗棠鸡在湘菜中是不存在的，"他说，"油炸不是传统的湘菜做法，我用的鸡块也比正常规格要大很多。最初这道菜是典型的湖南风味——重酸、辣、咸。"①

彭长贵的专业出身在湘菜厨师中可谓拔尖儿。他于 1919 年出生在湖南省会长沙一个贫困家庭。少年时代，他和父亲大吵一架后离家出走。后来在亲戚的帮助下，他被曹敬臣纳为学徒。而这位曹师傅正是国民党军官谭延闿曾经的家厨，后来在长沙开了自己的餐厅。彭长贵聪明勤奋，很快得到师傅的赏识，对他视为己出。

谭延闿是一位受过高等教育的学者型官员，清朝末期开始涉足政坛，在革命时期的国民党体系中步步高升。1928 年，他成为行政院院长，级别相当于一国总理。出身湖南家庭的他，曾经数度出任湖南督军。② 尽管史书上主要彪炳的是他的政治和军事成就，烹饪界的人们却都将他视作"现代湖南高级餐饮之父"。

无论从哪个角度看，谭延闿府上的厨房都是一个孵化烹饪创意的好地方。厨房里的实际操作由曹师傅统管，谭延闿本人也积极参与其中，对每道菜的烹调方法发出精确的指令，并对成菜进行详细品评。③他们创造出的菜品以湖南人的口味为基础，但融汇了其他菜系的影响，有华东淮扬菜（曹敬臣之前曾在一位江苏籍官员的府上做过家厨）、华南粤

---

① 笔者采访彭长贵，2004 年 10 月 14 日。
② Boorman（1970）pp. 220 - 223.
③ 笔者采访彭铁诚，2004 年 10 月 11 日；和彭长贵，2004 年 10 月 14 日。另见刘国初（2005）pp. 26 - 27。

菜（谭延闿的父亲曾在南方做过一省总督），以及来自谭延闿政治生涯中曾经任职的多个地方的菜系，比如浙江地区、青岛、天津和上海。湘菜中一些著名的宴席菜仍以谭延闿的名字命名，包括"祖庵鱼翅"和"祖庵豆腐"。

一般认为，清末和民国时期是湘菜的全盛时期。像谭延闿这样的高级官员都会雇用顶级厨师到自己的官邸服务，有权有势的商人们也纷纷仿效。一些厨师曾在生活用度讲究的官员家中供职，之后会自己另起炉灶，开面向百姓的餐馆。长沙有十家大餐厅酒楼，成为人们口中的"十柱"。到1930年代，省会长沙有四大名厨和很多名菜，据说湘菜甚至还发展出四个派生菜系，其中之一的"祖庵菜"就是衍生于谭延闿宅邸中发展出来的烹饪风格。①

1930年代日本侵华以后，彭长贵迁居战时陪都重庆，在那里凭着自己的厨艺本事赢得赞誉连连。二战结束时，他担任负责国民政府宴席的总厨；1949年，毛泽东领导的共产党在解放战争中赢得了胜利，彭长贵随着国民党的大部队逃往台湾。②当时有一百五十万到二百万人离开祖国大陆③，包括国民党的残余势力和随从，以及有财力移民他处的富人。这其中就有大批的湖南人——在湖南尚武重兵的传统之下，他们对军队有着重大影响；另外还有一些来自祖国各地的厨界豪杰。④正是在这种历史背景下，彭长贵创造了"左宗棠鸡"。

这道菜前往美国的路径十分直截了当。1973年，彭长贵去了纽约，在44街上开了自己在美的第一家餐馆。尽管已经享誉中国台湾，美国却没人听说过他的大名，也很少有人对并不熟悉的湘菜感兴趣。餐馆倒闭了，但彭长贵觉得自己不能就此认输，不甘心卷铺盖回家。为别人工

---

① 王兴国、聂荣华（编者）（1996），pp. 308–309；刘国初（2005）pp. 5–6。
② 《潇湘风云人物墨迹画册》，p. 347。
③ Roy（2003）p. 76.
④ 笔者采访彭铁诚，2004年10月11日；另见 Yen（2004）。

作了一段时间后，他攒够了钱，又在 52 街开了一家美式中餐小馆。最终，他回到 44 街自己最初开店的地方，也就是在联合国附近，开了"彭园"①。该餐馆吸引了联合国官员的注意，甚至亨利·基辛格（Henry Kissinger）也大驾光临，他在推广彭长贵的创新湘菜上起到了举足轻重的作用。"基辛格每次来纽约都要来照顾我们生意，"彭长贵说，"我们成了老朋友，他让公众注意到湘菜。"② 在台北"彭园"自己的办公室里，彭长贵至今还摆着一个相框，里面是一张大尺寸的黑白照片，其上为基辛格和他第一次见面时共同举起酒杯的合影。

　　彭长贵师承二十世纪最有创造力和影响力的中国厨师之一，他绝不会死守传统不放。面对新环境和新顾客，他充分发挥创造力，发明新菜肴、改良老菜肴。"最初的左宗棠鸡是湖南口味，没有加糖③，"他说，"但我要给那些不是湖南人的美国人做菜，就把菜谱改了。当然，我仍然喜欢过去的风味，辣味、酸味和咸味，但现在的人们不喜欢了，所以我总是要去改变和改进我的烹饪方法。"④

　　1980 年代末期，彭长贵钱挣够了，"面子"也挣足了，可以风风光光地回家了。他卖掉了所有的产业，回到台北，在那里开了好几家"彭园"的分店。他在纽约的创业过程产生了巨大影响。1979 年，《纽约时报》餐饮版块的一篇文章提到，近年来，湘菜"赢得了许多美国拥趸"，而"纽约曾经最受尊敬的湘菜厨师之一就是彭长贵，他于 1976 年在曼哈顿开了'彭园'"。评论家里德（M. H. Reed）指出："一些最为有味、有趣的菜都是彭先生的创造发明，是对湘菜风格的巧妙诠释。"他

---

① 笔者采访彭铁诚，2004 年 10 月 11 日。
② 笔者采访彭长贵，2004 年 10 月 14 日。
③ 这道菜在台北"彭园"仍然有供应，没有加糖，口味深邃、咸香、微酸，有蒜味，还有一点幽微的煳辣味。光滑的酱汁包裹着香脆的大鸡块，非常美味。
④ 笔者采访彭长贵，2004 年 10 月 14 日。

开出了一系列推荐菜，左宗棠鸡赫然在列。①

左宗棠鸡并非传统湘菜，这一点在另一位湖南籍餐馆老板钟武雄所著的湘菜谱中，通过某种混乱表现了出来。这本书写于彭长贵在纽约开餐馆后的几年。钟武雄的菜谱看起来像川菜中的宫保鸡丁和左宗棠鸡的集合，取了"宫保鸡丁"（Kung Pao Diced Chicken）的名，菜肴简介中说这道菜"诞生于清朝末年，创造者是湖南籍学者型将军左宗棠的厨师"。简介里还讲了一件几乎可以肯定是虚假杜撰的轶事，将左宗棠和四川总督丁宝桢混为一谈。②

彭长贵的厨艺在华侨中有着深远影响。一位内地人士以优美的语言形容道，他在纽约成功立业后，湘菜馆"如雨后春笋般涌现出来"。③不仅是左宗棠鸡，彭长贵发明的其他菜肴也被广泛模仿。在香港，广受欢迎的鸿星连锁酒家会供应"彭家豆腐"，光从菜名就能看出是直接模仿台北"彭园"菜单上的那道菜。④ 就连在伦敦也有类似情况。不久前还是市里唯一所谓湘菜馆的皮姆利科区餐馆"湖南"（Hunan），其菜单从很多方面来看都显然是直接来自台北"彭园"。⑤"我父亲带出了好几代湘菜厨师，他们又带了自己的学徒。"彭铁诚如是说。⑥

但如果这是解放战争结束后才在台湾诞生的菜肴，那时候的台湾和祖国大陆之间已经互不往来，它又如何出现在长沙拍摄制作的传统湘菜展示 VCD（里面的内容除了这道菜之外都很权威）上，又为什么有些

---

① Reed（1979）.

② Chung（1978）p. 66.

③《潇湘风云人物墨迹画册》，p. 347。

④ 笔者于 2004 年 10 月在香港鸿星酒家看到的菜单。

⑤ 据我所知，这是伦敦唯一一供应某个版本的竹筒鸡汤的餐馆。这道菜是彭长贵的发明：将鸡肉碎、猪肉和野味一起熬煮，盛在竹筒里上桌。这家餐馆还会将鸡肉碎盛在生菜叶做成的杯子里上桌（这是对彭先生在纽约发明的一道大虾菜谱的变奏）。"湖南"的经理也姓彭，说他的厨艺师承"一位台湾的湘菜大师"。

⑥ 笔者采访彭铁诚，2004 年 10 月 11 日。

著名美食作家会说它是一道传统湘菜呢？

改革开放后，台湾同胞第一次有了机会重返故乡。1980年春天，彭长贵回到长沙，和发妻以及两个孩子团聚——在解放战争尾声的混乱时局中，他不得已抛下了他们。1990年，他在长沙长城饭店开了一家高档餐厅，还是叫"彭园"。在长沙逗留期间，彭长贵受到当地厨师和官员的轮流宴请招待，还和童年时代的老朋友、长沙名厨石荫祥重逢。湖南烹饪协会创始人、诙谐活泼、如今已经年逾七十的大厨杨张猷，还记得当时的所有细节："我和石荫祥一起去参加了'彭园'的开业典礼，彭长贵和我们以及所有的顶级厨师坐在一起。彭长贵的儿子之前在大陆成了家，他负责管理餐厅。彭长贵从台湾带了两个厨师过来，餐馆菜单上有左宗棠鸡这道菜。"彭长贵在长沙的餐馆开业时很隆重，却并不成功，营业大约两年后就歇业关闭了。"所有的菜都甜了点儿。"杨张猷说。

杨张猷坦言，左宗棠鸡是彭长贵发明的，跟左宗棠将军本人毫无关系。"那是在将军去世多年以后才发明的，"他对我说，"传说左将军很喜欢这样烹制的鸡，但我们其实根本不清楚真假。"[1]

显然左宗棠鸡是从1990年代早期才逐渐在湖南本土为人所知，但有些本地人还是坚称这是一道传统菜肴。与彭长贵、石荫祥和杨张猷都有私交的名厨许菊云承认是彭长贵在美国推广了这道菜，"左宗棠鸡"这个菜名可能也是近代的创造发明；但他也极力主张左宗棠的确很喜欢这样调味的鸡。[2] 许菊云本人的爱徒吴涛说"听说过"彭长贵，还说左宗棠鸡不是他发明的，而是一道传统地方菜。"九十年代的时候我们酒家（著名的"玉楼东"）还有这道菜呢，但现在菜单上没有了，因为不

---

① 笔者在长沙采访杨张猷，2005年4月12日和16日。
② 笔者在长沙采访许菊云，2005年4月12日。

受欢迎。湖南人不喜欢甜味的菜。"① 刘国初也坚持认为这是一道传统湘菜，历史可以追溯到清朝末年。②

这些湖南餐饮界的大人物将左宗棠鸡纳入他们对当地餐饮传统的叙述中，所以关于这道菜的传奇可能会继续流传。毕竟，杨张猷和林世德编写的《湘菜》是经中国烹饪协会权威认证的；刘国初的著作是对湖南烹饪历史和文化描述得最为详细的印刷品，写得最好又最权威；而许菊云则是同辈人中最知名和最有成就的湘菜厨师之一。

尚未解决的问题是，为何一道已被证明不受湖南百姓青睐、与当地口味也没什么密切关系的菜肴，现在正重新被纳入当地的饮食文化？笔者认为有以下几个可能的解释。

第一个解释和过去二十年来中国的对外开放有关，也关乎湘菜厨师与餐馆日益增多的对外交流。许菊云曾去过美国，也曾数次前往中国台湾③；刘国初也去过国外。1998 年，杨张猷带领一个湘菜烹饪代表团（石荫祥和许菊云也在其中）前往中国香港，在那里与香港厨师进行了十二天的交流学习，展示了湘菜烹饪技艺。这次访问有强大的媒体宣传造势，他们展示的菜肴中就有左宗棠鸡。④

笔者在前文已经概述了彭长贵和他门下的厨师在国外湘菜推广事业中的重要性。正如杨张猷对我所述，左宗棠鸡是先出现在香港，之后才在湖南为人所知。⑤ 所以，长沙烹饪代表团前往香港交流学习时，当地的厨师们似乎都理所当然地认为他们能够做那道著名的"湘菜"——左

---

① 笔者在长沙采访吴涛，2005 年 4 月 12 日。我第一次在湖南省内吃到左宗棠鸡是 2005 年 4 月，那是和杨张猷一起在"玉楼东"吃晚饭时上的一道菜。这道菜不在菜单上，但杨先生发现有个年轻厨师知道配方和做法——他说是从许菊云那里学的。他做的那道菜很美味，但是其中的甜味很"不湖南"。

② 笔者在长沙的采访，2005 年 4 月 16 日。

③ 笔者在长沙采访许菊云，2005 年 4 月 12 日。

④ 笔者在长沙采访杨张猷，2005 年 4 月 12 日。

⑤ 笔者在长沙的采访，2005 年 4 月 16 日。

宗棠鸡。这道菜是湘菜建立国际声誉的重要基础，也许拒绝承认这道菜就有些愚蠢了，尤其是在外界对湘菜还知之甚少的情况下；而且如果这样，香港同行可能会觉得湖南代表团很无知，这显然是代表团希望极力避免出现的情况。① 许菊云 VCD 中亮相的左宗棠鸡也显然是面向广泛的中文受众；刘国初 2005 年出版的著作则主要是为台湾市场而写。②

也许在某种意义上，左宗棠鸡确实应该在湘菜烹饪史上留名。毕竟，彭长贵是一位出类拔萃的湘菜厨师，他不仅本人是湖南人，而且根据厨界古老的学徒制度，还是曹敬臣的"门生"。1993 年，《潇湘风云人物墨迹画册》在北京出版，里面只提到了两位前往台湾的名人，其中之一就是彭长贵，由此可见他在祖国大陆是极受尊重的。③ 也应当指出，台湾是中国领土的一部分，所以刘国初和杨张猷等人在编写美食相关书籍时，将一道"中国台湾湘菜"纳入经典湘菜谱系也可能不算什么严重矛盾。鉴于人们对台湾的普遍认知、彭长贵无可挑剔的烹饪师承，以及他本人与长沙血浓于水的关系，将左宗棠鸡视为湘菜家族的一员，何乐而不为呢？

还值得一提的是，中国的经济繁荣引发了不同地方菜系的杂糅融合。人们的旅行频率越来越高，很多地方餐馆也会走出家乡，在中国其他地方开设分店。比如，我最近在四川吃了一顿饭，一桌子菜里同时包括了川菜、粤菜和湘菜；而近期在长沙一家著名老字号餐馆吃的一顿晚饭上，就有来自浙江的菜肴。这让人想起 1949 年在台湾出现的交汇融合：当时来自不同地域的厨师突然发现同行们都汇集在一起，距离很

① 想必也是出于这个原因，钟武雄在自己的湘菜谱（1978）中写到了左宗棠鸡的典故，尽管他显然不熟悉彭长贵的菜谱。
② 刘国初与笔者的私人交流。当然，台湾读者很有可能在听闻彭长贵及其餐馆大名时，就知道这道菜了。
③ 《潇湘风云人物墨迹画册》，p. 347。彭铁诚指出本书中只收录了两位前往台湾的名人。

近。随着湘菜越来越国际化，与其他地方菜系的边界越来越模糊，我们不难设想，总有那么一天，左宗棠鸡不会再是湘菜菜单上的"不和谐音"。

这就把我们带到了最后一个问题：左宗棠鸡到底算不算一道"正宗"湘菜？归根结底，左宗棠鸡必须被视为湘菜历史的一部分。它所讲述的故事不同于那些偏远湖南村庄的吃食，有些地方的烹饪方法千年未变；也不同于诞生在省会长沙的菜肴，那里在半个世纪的困惑迷茫之后，才正在重新寻找饮食上的立足之地。说到底，左宗棠鸡所蕴含的故事，是中国厨界古老的学徒制度以及湘菜烹饪的黄金时代，是湖南人的情怀与乡愁，是华侨在美国社会的奋斗立足，也是中国的改革开放与海峡两岸同胞的血脉相连。

此外，就算想要寻求一种纯粹而本质的湘菜烹饪传统，也会遭到一个事实不可避免的妨碍，那就是当地菜肴的唯一主要标志就是辣椒，一个在并不算久远的过去才来到湖南的墨西哥舶来品。[①] 如果湖南家家户户所做的所谓"正宗"湘菜都沾染了墨西哥的风味，我们还怎么去划定一条严格的界线呢？

参考资料：

英文资料

Accinelli, Robert（1996）*Crisis and Commitment*，University of North Carolina Press，Chapel Hill and London.

Becker, Jasper（1996）*Hungry Ghosts*，John Murray，London.

Boorman, Howard L.（ed.）（1970）*Biographical Dictionary of Republican*

---

① 我没有看到任何研究准确地划定辣椒开始在湖南被广泛使用的时间，但四川大学的江玉祥教授认为，辣椒在十八世纪中叶首先在长江下游地区流行开来，十九世纪初成为四川地区的常见作物。那么我们可以推测，辣椒就是在这两个时期之间出现在湘菜烹饪中的。见江玉祥（2001）。

China, Columbia University Press, New York and London.

Browning, Michael (17 April 2002) "Who was General Tso and why are we eating his chicken?", *Washington Post*, pF01.

Chung, Henry W. S. (1978) *Henry Chung's Hunan Style Chinese Cookbook*, Harmony Books, New York.

Gray, Jack (1990) *Rebellions and revolutions*, Oxford University Press, Oxford.

Hobsbawn, Eric and Ranger, Terence (eds.) (1983) *The invention of tradition*, Cambridge University Press, Cambridge, 1983.

Hochman, Eric A., "The definitive General Tso's chicken page", http://www. echonyc. com/.

Hummel, Arthur W. (ed.) (1944) *Eminent Chinese of the Ch'ing period*, United States Government Printing Office, Washington.

Lu Wenfu, *The Gourmet* (《美食家》), published in English in *Chinese Literature*, Winter 1985.

Reed, M. H. (14 October 1979) "Keeping the Hunan fires burning", *New York Times*.

Roy, Denny (2003) *Taiwan : a political history*, Cornell University Press, Ithaca and London.

Spence, Jonathan (1990) In search of modern China, W. W. Norton, New York.

Yen, Stanley (29 September 2004) "Taiwan's Global Cuisine", *Sinorama* magazine, Taipei.

中文资料

成都市饮食公司川菜技术培训研究中心 (1988)《四川菜谱》。

火宫殿宣传册和火柴盒包装影集（2003）。

湖南省副食品公司，长沙餐饮公司（编）（1976）《湖南菜谱》，湖南人民出版社，长沙。

湖南省副食品公司，长沙餐饮公司（编）（2002）《湖南菜谱》，湖南科学技术出版社，长沙。

江玉祥（2001）《川味杂考》，收录于《川菜文化研究》，四川大学出版社，成都。

林世德，杨张猷（编者）（1997）《湘菜》，华夏出版社，北京。

刘国初（编者）（2005）《湘菜盛宴》，岳麓书社，长沙。

石荫祥（2001）《湘菜集锦》，湖南科学技术出版社，长沙。

王兴国，聂荣华（编者）（1996）《湖湘文化纵横谈》，湖南大学出版社，长沙。

《潇湘风云人物墨迹画册》（1996），北京燕山出版社，北京。

VCD：许菊云，《许菊云先生湘菜教学专辑》。

古味古香

（发表于《金融时报周末版》，2020 年 8 月刊）

　　四只羊在烤架上转动着，浓郁的香气飘散到远方，它们的身下是土耳其泛白的土地。我在附近搅动着一大锅户外明火上的炖扁豆，烟火与阳光都在发动着猛烈的攻势。院子里的一张长桌上已然摆了丰盛的食物：手工鹰嘴豆泥和蚕豆酱、整块的蜂窝、一叠叠用桶状馕坑烤的面包、一堆堆的石榴。从餐桌远眺，隐约可以看到一座巨大的坟冢，它属于公元前八世纪薨于此地的一位弗里吉亚王国统治者——据考证是一位历史上真实存在过的米达斯国王，或是他的父王。在一群土耳其厨师和美食专家的协助下，我正在尽力重现他的"葬礼盛宴"。

　　这可不是闲来无事练练厨艺。1950 年代，宾夕法尼亚大学博物馆的考古学家在戈尔迪翁的古弗里吉亚都城发掘了这个坟墓。虽然这位米达斯并不是希腊神话中那位点石成金的国王，考古学家们还是在他的墓室中找到了一个宝库，里面有大青铜锅、酒碗和陶罐，包括迄今为止发现的最大的铁器时代酒具。前来吊唁的人们共享了一场宴会，墓中的器皿里就有这场宴会的物质残留；但坟墓发现的时候相关技术尚未到位，直到四十年后，科学的进步才足以对这些残余进行化学分析。到 1990 年末，宾大博物馆的专家完成了分析工作。团队的领头人是帕特里克·麦戈文（Patrick McGovern），宾博饮食、发酵饮品与健康生物分子考古项目的科学总监，以及《古代酿造：重寻与重造》（*Ancient Brews:*

Rediscovered & Re-created）的作者。

麦戈文和他的团队利用红外光谱、液相和气相色谱以及质谱分析等现代科技，检验了在青铜器中发现的食物与饮料残留。他们的结论是，吊唁者们分享的饮品很不一般，是用蜂蜜、葡萄和大麦混合而成的——算是某种蜂蜜酒、葡萄酒和啤酒调的鸡尾酒。研究人员不能百分百确定，但他们怀疑里面还含有藏红花，因为残留物呈现浓烈的黄色（而且，远古时代最好的藏红花，有一部分就出产在今土耳其境内）。

考古人员对这些褐色的块状食品物质进行了细致的化学分析，结果表明这是一锅大炖菜的残羹冷炙。炖菜的主材是绵羊肉或山羊肉，先在火上进行烤制，使其表面焦化，然后和某种豆类（很有可能是扁豆）及蜂蜜、葡萄酒、橄榄油、小茴香、大茴香等香草或香料一起小火炖煮。

世界各地博物馆的馆藏中有着众多的古代饮食遗迹，戈尔迪翁盛宴是其中之一。很多遗迹都取自坟墓、商店橱柜和沉船遗骸，还有的是十九世纪欧洲探险家在对非西方世界进行探索时搜集的。最近牛津大学阿什莫尔博物馆举办了一场展览，"庞贝最后的晚餐"，其中就有碳化的面包和凝固的橄榄油，其历史可以追溯到公元 79 年：维苏威火山在那一年爆发，掩埋了庞贝古城。中国西部的阿斯塔纳古墓中发现了唐朝（公元 618—907 年）的糕点，已经干枯粉化，如今藏于大英博物馆；同一个墓中还发现了饺子：已经完全干瘪了，但除此之外和你今天能在华北地区吃到的饺子倒很相似。

讲点让人更有胃口的吧：中国湖南省马王堆汉墓出土的姜豉在约两千两百年前就入土陪葬了，样子看着跟所有中国超市里卖的没有任何区别。上个月，首届牛津线上虚拟食品研讨会上，荷兰食品历史学家琳达·卢登伯格展示了一张来自牛津皮特·里弗斯博物馆（Pitt Rivers Museum）的照片，内容是一块十九世纪用驯鹿奶做的奶酪：看上去已经变硬发霉了，但除此之外也是完好无损。卢登伯格是一间虚拟食品博物馆的创始人，她正在根据皮特·里弗斯博物馆收藏的各种可食用珍品编撰一本食谱，里面收录了日本的野生土豆面包和苏门答腊的干燕窝。

卢登伯格说，十九世纪时有人四处搜集和食物有关的物件并运往欧洲各个博物馆，"这是因为食物被认为是文化的重要组成部分，特别是与特定仪式有关时"。但随着现代人类学逐渐成型，人们的关注点慢慢从这些实体遗迹转移到分析和解读各个所谓"原始"社会的社会结构上。"大家慢慢脱离了自然科学，于是有机物和可食用物品就与人类学研究无缘了。"卢登伯格继续说。不过，对食品遗迹的忽视倒也有个好处：它们存续了下来。"没有任何博物馆保育人员来干预，这些东西就这样发酵、干燥、发霉或蒸发：这是一种缓慢的博物馆式的保护过程，现在仍在继续。"卢登伯格说。

如今，可食用藏品在博物馆的地位很低，她又补充道，可能是因为"现在的人种学博物馆更喜欢将自己的藏品当作'艺术'来展示，而非人种学文物。在这种情况下，一块年代久远的驯鹿奶酪，或是玻璃罐子里发霉的海参，绝对不如面具或雕塑来得引人入胜"。大英博物馆里的唐朝糕点如今隐于不起眼的深处，参观者几乎看不到，而工作人员则将它们亲切地称呼为"果酱挞"。

中国马王堆汉墓的考古发现中不仅有大量精美编织的丝绸、华丽的漆器和医学手稿，还有丰富的食物，比如已经干瘪的谷物、蛋、小米糕和野兽与家禽的骨头。一位贵族的妻子下葬时甚至还要用"最后的晚餐"陪葬：一个漆盘上摆着一碗碗食物、酒以及几串烤肉串。

这些遗迹和文字证据一样，都充分揭示了中国汉朝上层社会的饮食情况。除了历史和科学方面的重要性之外，食物遗迹往往会让博物馆参观者们着迷，和卢登伯格合作皮特·里弗斯博物馆食谱的利兹·威尔鼎如是说。"当然，由于博物馆中真正的食物本身就很少，所以会给人一种意外的愉悦。除此之外，食物还带给人一种亲切感，有情感上的力量，不管是唤起强烈的愉悦还是厌恶，都能吸引人。"她举例说，在皮特·里弗斯，参观者闻到馆里有古代发酵牛奶的味道，"有些人觉得很厌恶，但也促使他们更深入地去了解该物品的背景"。科学的进步让保存古代饮食遗迹的价值进一步凸显。几年前，我正在一个中国古墓中寻找有关食物遗迹的信息，博物馆工作人员告诉我，这些遗迹已经从出土的容器中清理出来，像灰尘或沙子一样被丢弃了。但根据麦戈文所说，今天，考古学家和博物馆负责人都会万分小心地保存这些材料。

我被邀请去戈尔迪翁墓中感受远古饮食的奥妙，是在二十年前。当时一家电视公司聘请麦戈文给纪录片《米达斯国王的盛宴》（*King Midas' Feast*）做科学顾问。他们邀请了我——一个最近出了书、对土耳其也有一定了解的美食作家——来重现那场远古盛宴。我的向导是各种历史证据，以及一些能提出各种建议的当地专家，包括饮食记者艾琳·奥妮·谭（Aylin Öney Tan）。

麦戈文已经和一位酿酒师合作，重现了葬礼上的饮品：美妙的金汤，用大麦、葡萄和蜂蜜发酵而成。金色来自藏红花。他们使用这种材料，倒不是因为有什么有力证据证明藏红花在原本饮品中的存在，更多是出于直觉（美国一家手工酿造厂仍然在生产以此为灵感的一款啤酒）。我思考着制定一份符合史实的菜单有多大的可能性，突然好奇古墓中的食物遗迹味道如何，吃两千五百多年前煮熟的东西又是什么感觉。麦戈文和他的同事们竟然从来没亲口品尝过这些残渣，我真是万分震惊：换我这肯定是第一股冲动——可能也正因如此，我才做不了考古学家。我厚着脸皮问麦戈文，有没有可能尝一点儿啊？我已经记不得他的回应了。无论如何，他应该都不太可能同意吧。经过热烈的讨论，艾琳和我制定了一个菜单，我们认为铁器时代弗里吉亚的农产品与技术都能做这些菜——那时候距离土耳其出现西红柿、柠檬、辣椒，甚至是糖等现代食材，还有很久很久。

宴会前夕，我们用盐、洋葱、野百里香、蜂蜜、葡萄糖蜜和葡萄酒腌好羊肉，准备将其串上烤肉架，用羊粪点火烤制。我们做了最基础的鹰嘴豆泥，用的是盐肤木和醋调味，没有加柠檬汁，还做了蚕豆酱，加莳萝提色提味。第二天一早，我根据麦戈文的建议做了扁豆锅，加洋葱、羊尾脂肪、大蒜、茴香籽和葡萄糖蜜调味。麦戈文与合作酿酒师将复刻的葬礼饮品倒入壮观的大铜锅，这是安卡拉的铜器商为我们制作的墓中出土青铜器的复制品。

那天下午，包括记者和外交官在内的一百名上下的受邀客人纷纷前来赴宴，还有两百多名好奇的路人。烤好的羊肉被切下来放入扁豆炖锅，我们在太阳洒下的金辉当中给每个人都分享了吃食。麦戈文、艾琳和我在辛劳工作之后，带着幸福的疲累，与来访的大人物们一起，用铜碗痛饮琥珀色的佳酿。

我以为这一天已经棒到极致了。这时麦戈文把我拉到一边，告诉我他带来了一个文物罐中的一点残留物，取样自那种像蜂蜜酒的饮料。我们俩偷偷溜掉，远离人群和火堆飘散的烟雾，躲进一个僻静的凉亭，坐在一张木头长凳上。麦戈文从口袋里拿出一个塑料小药瓶，我俩瓜分了里面的东西。有那么一会儿，我就那么看着手心里的颗粒状碎屑，内心充满惊奇和敬畏。然后我们彼此看了一眼，各自把碎屑放进嘴里。

我们的脸庞因为惊喜而发光，因为我们尝到了那个味道：藏红花的味道，强烈、纯正、绝不会错。我简直不敢相信。我原本以为吃这些残渣只会带来情绪上的波动，但尝不到任何味道。然而，在坟墓中封存了两千多年，它们依旧鲜活如此。谜团被解开了——至少我是这么想的。"现在你知道了，"我兴高采烈地对麦戈文说，"到头来就是有藏红花啊！"他呢，作为一个治学严谨的科学家，则非常谨慎地指出，世界会要求拿出更多的证据，而不是两个人在一个夏日午后的聚会上尝了食物残留并言之凿凿就能服众的。于是，这"天启"就有了点苦乐参半之感：我们的确尝到了藏红花的味道，而其他人则可能怀疑这个论断。

虽然从物理意义上讲，我们只是在吃砂砾，但吃这个东西是我一生中最特别也最愉快的美食体验之一：这提醒我，吃关乎生理，也同样关乎心理。麦戈文和我，伴着落日坐在那座凉亭下，已经饱餐了一顿烤羊肉锅、无花果和鹰嘴豆泥，还有蜂蜜酒醇香的滋润，我们几乎就是在与铁器时代弗里吉亚国王的吊唁者们共享一顿盛宴。我们吃的东西比基督教和中华文明还要古老。藏红花那迷人如歌的香味仍然对我们放声高唱，如纯金一般，无论时间如何流逝，依旧熠熠生辉。

后来，麦戈文和我通过邮件联系。我问他，食用考古证据有没有什么道德问题。我们在我的怂恿下做出的事情，是否正当？当然，我们只不过吃了一些残渣，但这算不算对有价值的样本进行肆意破坏？他回复说，虽然他通常不建议吃掉证据，但这是个特殊案例。出土的残渣一共数磅，比他在其他任何考古现场见的都要多，而且化学分析也已经完成。十九世纪的化学家并不排斥进行感官测试，那么现代科学家如果最终会从中得到启发，那为什么不能偶尔尝一尝呢？

自从在安纳托利亚度过那个愉快的夜晚之后，我看着橱柜里的藏红花，心中就有了新的敬意。我一直怀疑，我那瓶中国豆豉，要是放在密封罐（或者坟墓）里，也能保存个两千年左右。但现在我知道了，运气好一点的话，藏红花可能会保存更久。这个信息你可以写在保质期上哦。

当代台湾菜风云

（发表于《美食杂志》，2005 年）

台湾省会台北东南面静谧的山间，沿着一条蜿蜒的山路信步而上，会来到一家叫做"食养山房"的餐厅。那里十分宁静，有一串布置简单的餐室，铺着榻榻米，相互之间用编织的竹子挂件隔开，晚上用大量的蜡烛来照明。客人先把鞋子放在门口再进去，在外面的蛙鸣蝉声中啜饮清茶；接着，因为没有菜单，你只需要舒服地坐好，厨房端出来什么，就只管享用。

这里的食物令人大开眼界且无比美味，因此餐厅的位置经常提前数月就预订出去了。我这顿八道菜的晚餐，最先上桌的是一个小小的涟漪杯，里面装着酸甜梅子醋，喝下之后五感更为敏锐，胃口也被唤醒。一块凉爽丝滑的豆腐，上面放着海胆刺身和一块切成楔形且成熟得很完美的牛油果，都以山葵和酱油调味。这菜色看似简单，却有精致可口的风味一层层展开，又与各种口感出乎意料地和谐统一。第二道菜则是传统台湾小吃的精英汇：小块猪大肠、炸豆腐、炖鹅、烟熏鲨鱼肉、爽脆墨鱼、炒茄子和尖尖的仔姜片，都堆起来，撒上经典的路边摊酱料。其他菜则将当地的应季食材与墨西哥辣椒、酸豆和意大利香蒜酱等调味料结合。这种狂野的创造力很容易显得突兀，但在这里却很成功、很美妙。

这家餐厅是林炳辉的心血的结晶。这个五十出头的安静男子很容易被误认为僧人。每道菜都是他亲自创制，烹饪方法借鉴了佛教和中国传统的饮食理论，以及当代的健康饮食理念。"我们摒弃了旧式烹饪的油腻感，向西方的沙拉学习，"林炳辉说，"台湾街头小吃、地方菜系、日料元素、我去国外的旅行经历，这些都是我借鉴的元素。这里的食物表达了我自己的哲学。我的菜肴就是我的人生。"

"食养山房"的菜也讲述了台湾本身层叠交错的文化故事。这个与福建省隔着一湾海峡相望的小岛，曾经是台湾少数民族部落的所在地；经历几个世纪的变迁后，从祖国大陆来的客家人和福建移民将这里变成他们的家园。（十七世纪，台湾曾被荷兰人短暂占领过；1661年，祖国大陆移民迁居至此。）后来日军侵华，战争结束后的1895年，日本从中国手中夺走了这座岛屿，对其施行殖民统治，一直到二战结束。1945年日本战败后不久，祖国大陆政局动荡，影响一直延伸到台湾海峡的另一端，岛上的文化发生了剧变。

1911年，国民党推翻了中国最后的封建王朝，成立了中华民国。然而，新的国家很快就变得步履蹒跚，迅速衰败下去：先是沦落到军阀混战的局面，接着国民党和成立不久的共产党又打起了仗。1949年，毛泽东领导的共产党军队赢得解放战争的胜利，国民党残部逃往台湾。他们自以为这只是暂时的局面，还在谋划着"反攻大陆"。

包括祖国大陆各地的国民党官员和他们的家眷随从，多达两百万人来到台湾，这完全改变了台湾社会的面貌，也改变了台湾的饮食。解放战争爆发的前夕，达官显贵家中都有私厨，会举办丰盛奢华的家宴。这些精英阶层逃入台湾时，也带来了一些祖国大陆最杰出的厨师。"1949年以前，台湾的饮食朴素简单，"亚都丽致大饭店总裁和知名美食家严长寿说，"而祖国大陆各省的传统派大厨的到来，引发了一场独特的革命性变化。这是他们第一次近距离地面对不同的地方菜系风格。台湾成为中餐的大熔炉，又有着惊人的创新氛围。"

彭长贵，一个高大庄重的男人，已逾八十高龄，有着一张温和的笑脸,他是那一代祖国大陆移民中硕果仅存的在世大厨之一。他和儿子在台北市中心经营的餐馆"彭园"专做口味辛辣的湘菜,那是他的家乡湖南省的菜系。"彭园"的菜单上有几道湘菜的标志性传统菜肴,包括腊味合蒸、彭家豆腐和东安鸡。但彭先生在1930年代就离开了湖南省,"彭园"的大部分菜肴和现代湘菜都没什么关系。"我一直爱着老湘菜的风味,那种辣味、酸味和咸味的结合,"他说,"但我没有办法,只能不断调整和改变自己的烹饪风格,来适应别人的口味。"

彭长贵于1919年出生在湖南省会长沙。十五岁时,他离开贫苦的家庭,去国民党高级官员兼传奇美食家谭延闿的家厨队伍中工作,而这位谭先生被广泛认定为"湖南高级餐饮之父"。接着他被谭延闿的私厨曹敬臣正式收为学徒。"日子过得很艰苦,"彭长贵说,"你必须非常努力地工作,赢得师父的尊重。我必须按照老派的礼仪,向我的师父磕头;不过他倒不会像很多老派厨师一样打我。我们为整个谭家做每一顿饭,也会操办最精致的宴席,做鱼翅羹这类菜,那道菜必须要文火慢炖个八到十小时。"

1930年代日本侵华后,彭长贵在战时陪都重庆工作,凭自己的本事在厨界声名鹊起,又在政府迁到华东城市南京后负责操办国宴。他说,在全国上下迁移时,他抓住机会,学习各种地方菜系;等到国民党最终战败时,他已经跻身全中国最顶尖的厨师之列。1949年和国民党一起迁往台湾后,他开始在私人餐厅与官方宴会上重现祖国大陆的菜肴,并发展出独树一帜的湘菜风格。

二战后,精英饮食文化在台湾蓬勃发展。一开始,老派的大厨们会为那些乡愁深重的祖国大陆人做地方菜肴。(这些人中,很多都像彭长贵一样,将妻儿留在了家乡,满心期待着能回归。)断了根的台湾版中国地方菜系,以一种与祖国大陆完全不同的方式演化发展。初级厨师们在主打不同菜系的餐馆之间流动学习,理念与技术不断交汇融合。很多台湾餐厅依然标榜自己专精某个地方菜系，但用的烹饪方法却很混杂，来自祖国大陆各地，甚至还有日本。陈力荣，一个四十多岁、充满活力与魅力的男人，是位备受关注的大厨，也是位于台北行政中心区域"极品轩"餐厅的老板。餐厅的菜单上有东坡肉这样的经典菜式，也有百合虾仁这种比较清淡可口的炒菜。陈力荣学习的是华东传统烹饪技术，也曾在一个坏脾气的苏州籍老师傅面前下跪磕头。但他是土生土长的台湾当地人，对过去没有"愚孝"，这种心态很健康。"如今的食客已经不在乎你到底是川菜还是湘菜，他们就想吃好吃的菜。大家已经不追求正宗不正宗的问题了。我师父是按照老派的方法教我的，但我是我们这一代的人。传统的菜肴很咸也很油。我做的是现代化改良的华东菜。"

在这样的文化氛围下，大部分厨师都已经漂离原地区的根，但也有少数人仍然自视为传统技艺的守护者。冯兆林是台北南郊"冯记上海小馆"的老板。这家餐馆装潢简单实用，位于一条不显眼的小街上，却吸引了独具慧眼的挑剔主顾们。具有讽刺意味的是，冯兆林偏偏将守旧变成了新奇。他是上海老派本帮菜的忠实信徒，尽管自己出生于中国台湾，还在美国生活了十四年之久。"我不是一个有创新精神的厨师，"他谦虚地笑着说，"但我能清楚地记得我的本帮菜师父们教我做的菜。其他厨师前进的时候，我选择后退，挖掘出属于过去的菜肴。我也尝试做出传统的重口味：如果你下了很大功夫想把老派的菜谱改得更清淡健康，那就不是同一道菜了，对吧？"

我在"冯记上海小馆"吃的那顿晚餐，是一场非凡的盛宴。首先是特色开胃菜，有飘着淡淡黄酒香的脆嫩小虾、雪菜豆瓣酥以及凉拌咸鸡。接着厨房就端出了十二道主菜的第一道。主菜中有一道清淡柔和的汤，里面的鱼丸如云朵一般，漂在新鲜的小青豆、切成细丝的金华火腿和小小的瑶柱之间；一道浓郁的宁波烧排骨和鳗鱼鲞；汁水丰富的萝卜丝饼被层层叠叠的酥皮包裹；还有一锅用料丰富的面条，上面放了一整条草莓石斑鱼、几只螃蟹和其他很多美味的配菜。

如今已经没有多少厨师能够凭借老派中餐将感官震撼到如此地步。很多老牌地方菜系餐馆已经关门大吉，或门脸显得破旧过时。老一代的祖国大陆烹饪大师和他们所服务的思乡群体正逐个驾鹤西去，年轻的台湾食客们对外出就餐时健康、卫生与原料来源的要求越来越向西方靠拢，变得更为严格，他们认为现代的祖国大陆饮食文化并不成熟完善。

等到终于能够返回祖国大陆时，人们被眼前所见的一切震惊了。1993 年，在多年于他乡烹饪上海菜之后，冯兆林去了上海。他很失望："那里的食物已经失去了特性，味道很糟糕。我做的菜绝对比你在上海吃到的更传统。"

夜色尚轻，台北信义路上的"鼎泰丰"门外已经排起了长队。1973 年，解放战争后迁往台湾的杨秉彝创办了"鼎泰丰"。现在负责经营这个产业的是他的儿子杨纪华。店面装潢很简单，胶板桌面已经破旧，木头椅子也严重磨损。店内的厨房是开放式的，有大约二十几位厨师忙忙碌碌、擀皮、填馅儿、包包子，竹编蒸笼一个垒一个，形成高塔，热腾腾的蒸汽从中冒出来。这家店是专卖上海小笼汤包的，直接端着蒸笼上桌，蘸着醋、酱油和姜丝调成的料吃。

"我们把传统的包子做得更为细巧精致了，"杨纪华说，"我们不断在改进配方，也与日本厨师交流，从中学到了很多关于标准化的东西——比如，每个包子都有精确的十八个褶子，重量都是二十一克。"（他把一些电子秤放到桌上，证明自己没有吹牛。）"鼎泰丰"获得了巨大成功，现在已经是个国际品牌，在东京、加州甚至"精神老家"上海都有分店。杨纪华对正宗的上海小笼包不以为然。"他们那边还在采用老一套的方法，那些包子都很油，就像上海的大部分本帮菜一样。"这种不屑在台湾厨界随处可见，不过大家也越来越感觉到，祖国大陆正在迎头赶上。严长寿说："饮食流淌在他们的血液中，铭刻在他们的记忆里。"

台湾厨师们不仅在发展属于自己的传统菜肴创新，有些也对独一无二的"台湾特性"有越来越强烈的认识，这种特性与岛上的主流福建文化紧密相关。台北北郊的圆山大饭店是一座辉煌壮观的大型建筑物，修建于1951年，采用了传统宫廷风格，这里是前述餐饮文化转变的前沿阵地。数十年来，圆山都是举办官方宴席的不二之选（1950年代，彭长贵也在这里掌过勺）：这些宴席总是以高级传统中餐为基础，会选用鱼翅、海参这类昂贵的食材。

"有食客坚持要求我们用本岛食材，做接近普通人吃的家常菜色，"在圆山大饭店工作了三十多年的销售总监王威廉说，"甚至有人以环保为缘由，禁止我们使用鱼翅和燕窝。"

"一开始确实很让人头疼，"王威廉的同事林希娜说，"我们被要求将台南的街头小吃融合进来，但像'碗粿'（蒸熟的米浆）那样的小吃，就是不适合放在如此重大的宴席上啊。我们必须想办法，让它们变得更为精致，比如用山形碗，让碗粿倒翻在餐盘上时样子更优雅。我们也设法让其他菜肴变得更高级，比如鱼丸汤等，我们用了精心熬制的鸡汤，还有别的办法，把那些小吃都变成了宴席菜。"

很多本地人认为，台湾美食的核心与灵魂并不在于祖国大陆特色的餐馆，而在于街市上现做的新鲜小菜，尤其是在曾经的台湾省首府台南。中午，台南市中心一家小小的面馆外是挨挨挤挤排队的人群，店内两个女人正近乎疯狂地干着活，满足巨大的客流量和点餐量。其中一个对面条进行重新加热，用竹编的长柄勺子将面条浸入一深锅的沸水中。另一个坐在传统路边摊后面的小矮凳上，手脚麻利如闪电，在过水后的面条上撒上香菜碎、肉末、一勺高汤、少许香醋、一点蒜泥，最后再摆一只熟虾。一只老式的中国纸灯笼在她们头顶朦胧地发着光。这家"度小月担仔面"于1895年起家，创办者是位在休渔期需要其他营生收入的渔民。这里最早是个路边摊，随着其美味的口碑流传开来，就有了室内店面，其标志性的面条已经成为台南最受喜爱的小吃之一。

　　台南人对街头美食有着无限的胃口。无论走到哪里，都会有色彩鲜艳的招牌在宣传着各种诱人的美味：入口即化的虾卷、加了花生和辣椒的鱼干、用奇异的水果做的鲜榨果汁，还有牛舌饼、烤鱿鱼……台南城中心一片熙攘热闹的街市中有几十个小贩，生意做得红红火火。一个卖的是传统的碗粿，小碗小碗的米浆，加咸蛋黄、鲜虾、瑶柱和香菇上锅蒸熟，再加上蒜泥和浓稠香甜的酱油，真是让人无法抗拒。另一个小贩卖的是更为现代的台南小吃，名字很奇怪，叫"棺材板"，一片片厚厚的西式面包经过油炸，挖成盒状，放入稠滑的炖鸡羹。

　　就在不久之前，如果你想吃上述这些种类的食物，就必须去夜市上寻觅，或者受邀到某个台湾寻常百姓家吃饭。但现在也有很多餐厅开始努力，要在粗犷快捷的南部美食和城市里那些讲究食客的用餐需求之间架起一座桥梁。

　　建立于1977年的"欣叶台菜"就是其中最著名的一家。开在台北市中心的最新分店装潢典雅，铺了深色的木地板，摆着棕色皮椅，从餐厅的大窗户可以看到街景。"欣叶"专做本土菜肴，将其进行改良，来满足现代人的口味。店里的"菜脯蛋"（"菜脯"就是台湾方言里的腌萝卜干）曾经是穷人美食，现在煎成完美的金黄蛋饼，里头包着味道强烈的一块块咸菜，让整道菜显得生机勃勃。蒸鳕鱼片配上"树子"——当地特产腌制莓果，味道浓郁，咸与酸甜兼而有之。豆豉与浓稠的腐乳调成滋味丰富的酱汁，配上炒虾仁，十分美味。甜品有凉爽的杏仁豆腐，口感细腻丝滑，还有裹在花生粉里的麻薯：这两种甜品都属于做过"美容"的传统小吃。

　　像"欣叶"这样的餐厅提供的是自我意识强烈的台菜，但即便是一些表面上看很"祖国大陆"的地方，也都经历了本地化。这座岛屿非同一般的历史催生了一种叫人耳目一新的世界性中国文化，有望发展出别样的中餐。

再回到"食养山房"：菜一道一道地吃，具有强烈创新意味的融合菜之后是更为传统的中国风味。芋泥布丁浸润在龙眼和冰糖做的深色糖浆中，装饰上菊花瓣，抚慰唇齿。再来是一道温和的鸡汤，加了各种水生植物：莲茎、莲子、菱角。"那些很完美的传统食谱，就不用再动什么手脚了，"林炳辉如是说，"我们最后都是上这道汤的。就像一个老朋友，充满了关于台湾和我们祖先的回忆。所以这一餐就像人的一生，光明鲜亮的青春，驰骋壮游，最终回到生根的大地。"林炳辉的菜，带着怀旧情绪与折中主义，既呼应了街头小吃的喧闹大胆，又有日式佳肴的含蓄。光影和谐，是对这个不寻常的小岛及岛上美食最恰切的隐喻。

敢问酱油从何来

（发表于《美味杂志》，2016 年 9 月刊）

院子里摆着一排排瓦缸，叶田将其中一个的锥形盖子搬起来，成熟浓郁、令人上头的酱油香味涌了出来。我尽情地呼吸着这香气，面庞倒映在缸中液体闪闪发光的表面上。叶先生将一把长柄杓伸进缸中蘸了蘸，好让我尝尝。黏稠的黑色液体聚集在杓底，斜面则留下栗色的光泽。眼前这等风味与廉价外卖中配送的那种酸咸稀薄的小袋装酱油相比，真有天壤之别。里头含着一种深幽而丰富的鲜味，盐味主打，还有一丝潜甜，发酵过程中又产生了一种尖锐而麻刺的强烈感，衬得所有的味道更加鲜明。

叶先生已到花甲之年，是香港颐和园食品公司的手工匠人。这家公司采用古法手工酿造酱油，不仅在香港是硕果仅存，在全中国范围内也越来越属凤毛麟角。公司偏居于新界元朗，最著名的产品就是高级御品酱油，同时也会生产其他几种调味品，其中包括我尝到过的最精致美味的蚝油。该公司于 1974 年由曾吴希君创办，她是一名生物化学家，原籍广州，1950 年代从一位福建酱油师傅那里学会了做酱油的手艺。中国东南部的福建省一直被视作中国最上乘的传统酱油之乡。

叶先生说，曾老太不只是做酱油的匠人，更是痴迷于这种调料相关科学、历史与文化的学者。她全心投入在自家的酿造工艺上，管理公司一直管到八十多岁高龄，协助她的只有叶先生和另一位同事；2012 年，她去世了，享年八十七岁。叶先生按照她教授的方法继续制作酱油，但他说这位老太太把她的大部分秘方带进了坟墓。"我只从她那里学到一些基础皮毛，"他说，"我完全没有她那样的深度和专业水准。"叶先生没有收任何学徒，担心自己退休后工厂就关闭了。他说现在的年轻人对古法酿造酱油这种艰苦的体力活都不感兴趣了。

酱油是原生于中国的调味料，全世界的中餐厨房中都能找到这味调料。尽管确切起源已不可考，但酱油应该是从中国发酵酱料的传统中演变出来的。这种传统可以追溯到两千多年前，但要等到几个世纪前才变得更为主流和突出。到中国最后的封建王朝，即清朝时期，酱油已经让所有的竞争对手都黯然失色，成为中餐的核心调味料之一，与盐、醋、糖、姜和葱并驾齐驱。中餐烹饪采的是酱油的咸鲜风味和中国人所说的深红色。它不仅仅是出现在厨房的调味品，也会摆在餐桌上供人取用，并用以制作腌酱制品的卤水。

中国种植大豆的历史已经三千多年，大豆的蛋白质含量居可食用植物之首。不过，在原生状态下，大豆味道难吃、无法消化，除非趁着很嫩的时候赶紧吃掉。中国人一开始将其视作一种主食，只能在长期熬煮成为稀粥状之后才能吃。然而，时日一久，他们发现巧妙的加工可以释放蕴含其中的丰富营养：最开始的方式是发酵，后来又把豆子和水一起磨，将温热的豆浆凝固后变成豆腐。在中国的餐饮文化中，乳制品几乎被完全忽视，而一直到不久之前，肉类对于大多数人来说都还是奢侈品。因此大豆成为重要的营养来源，而且大豆经过发酵之后，还能得到和肉类相似的丰富鲜香风味。人们普遍认为，发酵大豆的技术是从更古老的酿酒传统中脱胎发展而来，而酿酒的基础是用谷物制成的发酵剂：曲。

酱油的传统做法，是将黄豆或黑豆浸泡后蒸制，再和小麦粉混合，置于阴暗、温暖、潮湿的环境下，让曲霉菌前来落脚"殖民"。接着再将豆子与盐和水混合，倒入瓦缸中，任其发酵熟成。霉菌产生的酶将豆子的蛋白质分解成美味的氨基酸，油分解成脂肪酸，淀粉分解成糖分。随着酱料慢慢熟成，进一步的化学反应一连串儿地发生，创造出丰富多彩的美味。酱油具有怎样的品质，影响因素之一是原料中大豆和小麦的配比：中国传统的酱油以大豆为绝对主料，成品较为深幽浓郁；而日式酱油采用的豆子和小麦比例大致相同，因此更轻、更甜、更香。（在香港的酿造工厂，叶先生用的是经典福建配方，大豆和小麦的比例为九比一。）

发酵完成后就进行过滤，液体状的酱油与固体豆子相分离。古法酱油是在瓦缸中心放入一个竹编的圆筒，并用重物压实，以防竹筒浮上来。酱油从竹孔中渗出，聚集在竹筒底部，再用长柄杓捞出来。广东人把头批比较稀薄的酱油称为"生抽"，之后比较浓郁的则称为"老抽"。上市销售之前，酱油通常要通过巴氏杀菌终止其发酵过程。

中国人制作和食用发酵的浓稠调味品——酱，已经有两千多年的历史，从孔子之前的时代便已有之。有个古老的传说谈到，这个传统来源于中国的一位女神——西王母，是她教会汉武帝制作"连珠云酱"等奇异酱料的方法。虽然各种酱的实际历史渊源不详，但可以肯定的是，酱是中国古代最重要的咸味调料：古代典籍《周礼》中就提到一百种不同的酱。除了酱，中国古人还喜欢吃豆豉，就是整颗发酵的黑色豆子，如今还被用来制作豆豉酱。

最初，酱的制作方法是将肉末与酒、盐和曲（用霉变谷物做成的发酵剂）混合，将混合物封存进瓦缸。发酵完成后，酱就作为配菜或风味佐料使用。随着时间的推移，大豆逐渐取代肉类，成为制作酱的主要原料；酱出现的地点也逐渐从餐桌变成了厨房。在酱油出现之前，酱都是中餐厨房中地位最高的王者。公元七世纪的史学家颜师古说，酱就是食物之中的将军（"酱之为言将也，食之有将，如军之须将，其率领而导之也。"）；后来，酱和柴、米、油、盐、醋、茶并列为老百姓生活的"开门七件事"。如今，主料为大豆或小麦的多种形式的酱仍然活跃在中国的厨房，但和酱油相比，地位就比较边缘化了。

酱油这种由大豆在盐卤中发酵后过滤出来的液体风味十足，它究竟是何时确立了调味品的地位，我们不得而知。其现代名称"酱油"第一次出现在书面资料中，是十三世纪的一本食谱，作者是宋朝学者林洪。书中有四个食谱用酱油做韭菜、笋和蕨菜等蔬菜的调味品。宋朝末年是烹饪史上辉煌的创新时期，现代中餐的根基从此时开始形成，那时候"酱油"已经成为一个普遍被接受的名称。接下来的数个世纪中，这个相对资历较浅的厨房"新贵"开始挑战酱在中厨中至高无上的地位；到十八世纪末，酱油已是大获全胜。

酱油还走向了国际，成为日本、韩国和东南亚地区烹饪传统的支柱之一。十七世纪，荷兰贸易商开始将日本酱油运往印度，于是酱油也逐渐征服了欧洲人的味蕾。欧洲在认识大豆之前，先认识了酱油（豆油）；在所有的欧洲语言中，"大豆"（英语中是"soybean"）一词都衍生于日语的"酱油"：shoyu。可考证的资料中，西方人第一次提到酱油，是英国哲学家约翰·洛克在 1679 年的日记中说，有种来自东印度的酱，叫"saio（来自 shoyu）"。1688 年，另一个英国人，威廉·丹皮尔船长描述了他在今越南旅行时与酱油的相遇："有人告诉我，酱油是由鱼的某种成分制成的……但我认识的一位先生……告诉我，酱油只是用小麦和某种豆子混合水与盐做成的。"后来，中国人开始大量向五湖四海移民，酱油也随之成为全世界都熟悉的调味品。

酱油是现代中餐不可或缺的调味品，不管是平常人家还是专业大厨的厨房都是如此。在中国的很多地方，人们仍然依赖着传统配方的酱油，就像"颐和园"酱油的配比，主料是大豆，只加一点点的小麦粉，颜色黑浓、盐味很重、风味醇厚。相比之下，在南粤地区和散居的华裔社区，人们比较喜欢使用生抽来增添风味和咸度，只有给菜品上色时才会用到老抽。加酱油制作的菜肴通常会被归为"红"菜，因为酱油会增添一点深邃的酱色；而不加酱油烹制的菜品通常属于"白"或"清"的家族。酱油经常用于调味或蘸料，后者尤其适用于包子、饺子等有馅儿的面食。酱油也是整个"红烧"家族的灵魂调味品，上海和江南地区的"红烧"特色菜是一绝。

迄今为止入我口腹的红烧菜中，最好的莫过于杭州"龙井草堂"的出品。该餐厅的经营者是戴建军，一位高瞻远瞩的企业家。草堂的菜肴只采用西方人口中的有机农产品和手工原料。在餐厅厨房工作的当地资深大厨董金木（现已退休）是红烧艺术的大师。他教我如何把胖头鱼巨大的鱼尾变成"红烧划水"，这是一道经典杭州菜，鲜嫩多汁的鱼尾浸润在一汪闪着光泽的深色酱汁中，让唇舌感觉到奶油般的柔滑。包括这道菜在内的红烧菜的秘诀在于，将浓郁的传统酱油与绍兴黄酒、糖混合在一起，再加上葱姜增香提味。

董大厨也能将一道经典江南家常菜"红烧肉"做成最受食客欢迎的版本，即五花肉文火慢炖，加上白煮蛋，菜名为"慈母菜"。菜名来源于一个古老的故事，说的是一位母亲正等待着进京赶考的儿子回家。盘算着儿子当天该回来了，她在炉子上炖着一锅红烧肉等他。但那天他没有回来。于是她让那锅肉慢慢放凉，第二天再度加热。直到第三天，儿子才到家，那锅肉已经重复加热了三次，拥有了无与伦比的深邃风味。对于那位一路风尘疲惫的儿子来说，母亲这锅飘着酒香和酱油香的肉甜美肥厚，正象征着回家的喜悦。

然而，尽管传统酱油已经汇入中餐厨房的传说与语言体系，1920年代以来，一些制造商还是放弃了传统发酵法，转而追求迅速的化学加工，生产出了"山寨版"酱油。哈罗德·马基在《食物与烹饪》（*On Food and Cooking*）中说，他们用盐酸将脱脂大豆粉分解为氨基酸和糖，再加入盐和玉米糖浆等添加剂进行中和调味。这些残次替代品一度甚嚣尘上，取代了正宗真品；但也有迹象表明，人们对于精致传统酱油的兴趣正在复苏。"李锦记"和"珠江桥牌"等南粤食界大品牌现在都在生产高档酱油，浓郁美味，与基础款有所区别。大陆那些认真严肃的厨师常常悲叹手工食品技术的失传，然而与此同时，中产阶级消费者却越来越热衷于购买传统食品。

让我们回到香港，叶田对曾老太的酱油厂未来的长远发展表示悲观。不过，他和他的同事们正努力将产品销售到大陆，希望有一天，他们能够将秘方卖给志同道合的人们，一同守护和发展曾老太的美味遗产。

宫保鸡丁的故事

（发表于《洛杉矶时报》，2019 年 11 月刊）

十九世纪的中国官员丁宝桢（1820—1866），他的名字也许大家并不熟悉，但几乎所有人都应该听说过他最喜欢的那道菜：宫保鸡丁。这道由方正的鸡丁和辛辣的辣椒一起炒制而成的菜，是少数菜名并不需要英文翻译的中国菜之一。

宫保鸡丁比左宗棠鸡的名气还大，从中国国宴到"熊猫快餐"①，菜单上都少不了它的身影。大部分美国人，迟早都会有那么一次，在客厅打开一个外卖纸盒，看到那些散发着辣椒香味的多汁鸡丁。2017 年，唐纳德·特朗普到中国进行国事访问，就曾吃过宫保鸡丁；中国宇航员在太空中也吃过这道菜。然而，尽管宫保鸡丁最知名的所属菜系是川菜，其确切的起源却仍在激烈争议之中。

左宗棠鸡和其据以命名的湘军统帅左宗棠之间的联系是完全捏造的，但没人质疑宫保鸡丁与丁宝桢的关系。他是清朝的杰出官员，有"太子少保"的荣誉称号，被尊为"宫保"（字面意思是"宫廷保卫者"）。在辉煌的职业生涯中，丁宝桢曾于中国的几个地方在任为官：他的家乡贵州、靠东北的山东，最后是四川，他在那里度过了生命的最后几年。这三个地方的人们都深深记得他嗜吃炒鸡。当地人分别回忆，他很爱吃这种菜，还经常用以待客。

丁宝桢出生在贵州西部牛场镇一个乡绅家庭。在封建科举考试登科之后，他平息了当地苗民教匪发动的几次叛乱，因此声名鹊起。1867年，他被任命为山东巡抚，在任上加强了沿海防御，并促进现代工业，以其前瞻性思维而闻名。最轰动的事件发生在1869年：他逮捕了一名来自紫禁城的专横跋扈的太监，后来将其处死，这个故事广为流传。

今天，在山东省会济南，当地还有一家专门纪念他的餐馆：舜泉楼。饭店选址于丁宝桢小妾的故居，一座优雅的四合院，坐落于济南市中心的运河边。

饭店里有个小型展览，放着一幅丁宝桢身着封建官员官服的肖像，附了一段关于宫保鸡丁历史的介绍。介绍里说，丁宝桢在济南任上时，成了远近闻名的美食家，家厨中雇了两名顶尖的鲁菜厨师，用当地的"爆炒"技艺烹制了一道鸡肉菜肴。丁宝桢非常喜欢这道菜，每当有贵客上门，他都坚持要上这道菜；而这些贵客中就包括了真正的左宗棠将军，而不是"左宗棠鸡"里子虚乌有的左宗棠——历史真奇妙。

二月我在济南时，资深大厨李建国邀请我去他的餐厅"萃华楼"后厨学习如何做山东版的炒鸡肉：酱爆鸡丁。后厨一个年轻厨师将切成丁的鸡腿肉用盐、料酒、淀粉和蛋清腌制了一下，然后跟黄酱、大葱段和焯过水的新鲜核桃仁一起炒。那道菜特别美味，但和大家所了解的宫保鸡丁全然不同。

到四川首府成都就任地方官后，丁宝桢继续在家宴上用炒鸡丁待客。1876年，他被任命为四川总督，并一直任此职到十年后仙去。根据济南的民间传说，丁宝桢身在四川时，家中的厨师根据当地口味对原菜进行了修改，加了一把把的干辣椒和花椒，又加了糖和醋，形成令人愉悦的"和弦"。

丁宝桢到成都走马上任时，辣椒已经在当地饮食中深深扎根了。久

---

① Panda Express，美国连锁餐厅，经营美国化的中式快餐。

负盛名的麻婆豆腐是在十九世纪末诞生的。1908 年，一部对成都生活和风俗的调查著作中列出了一系列的辣菜，是当时当地川菜中的保留特色菜，其中包括辣子鸡、麻辣海参和酸辣鱿鱼（不过文中没有提到宫保鸡丁）。

在今天的成都，要做宫保鸡丁，就把鸡胸肉切成丁，放入热锅和干辣椒、花椒、葱白、姜片、蒜片、香脆的花生以及一种光亮的酱汁一起炒制。酱汁的酸甜比例经过特别的把握，与荔枝的味道相似，因此被称为"荔枝味"。层次丰富的复合味以及虽然刺激味蕾却并不会过于霸道的辣味，是很典型的成都烹饪风格。

这道菜在当地饮食界闪亮登场的具体时间不得而知。1960 年出版的最早的官方川菜谱中并没有宫保鸡丁（但奇怪的是，这本书里收录了"宫保腰块"，用的是完全一样的做法）。著名成都作家李劼人在 1937 年的小说《大波》中提到丁宝桢吃鸡的嗜好，并认为宫保鸡丁的做法是对丁家乡贵州一道菜进行了调整的结果："清光绪年间，原籍贵州的四川总督丁宝桢在四川时喜欢吃他家乡人做的一种油煤（即炸）煳辣子炒鸡丁。"这也许是探究这道菜真正起源的最好线索。

丁宝桢在贵州平远（今织金县）的农村长大。他读书明理，年轻时曾在当地一所书院教书（那里现在是丁宝桢陈列馆，有一尊宫保大人威风赫赫的雕塑）。这座小城慵懒迷人，到了收获辣椒的季节，鲜红的辣椒组成一块块地毯，铺在古老的石桥上晾晒，附近还有女人在售卖一块块用稻草包着的臭豆腐。

和四川人一样，贵州人爱吃辣椒也是出了名的，但他们最喜欢的辣椒处理方法却有着独一无二的地方特色。

制作糍粑辣椒，先将当地品种的皱皮干辣椒浸泡在热水中，然后加蒜和姜一起捶打：混合物黏稠如糍粑，故有了这么奇怪的名字。各种各样的贵州菜中都少不了糍粑辣椒的身影，包括当地版本的宫保鸡丁，名字也和川菜有一字之差，叫"宫保鸡"。

一天下午，著有很多食谱的贵州顶尖厨师吴茂钊带我去吃贵州省会贵阳的宫保鸡。我们去的餐厅叫"吴宫保"黔菜馆，"宫保"取自菜名，"吴"取自烹制这道菜的大师、已故大厨吴作文，他是该菜馆现任总厨的父亲。

我们吃了十五道不同的美味佳肴后，主角上桌了：黔式宫保鸡。鸡丁堆成山，裹在色泽红亮的糍粑辣椒酱中。和川菜中常用鸡胸肉浸在红油中不同，这里的宫保鸡是用鸡腿肉做的，也看不到花生、干辣椒或花椒。

这道菜的味道非常美妙，辣味温和不霸道，有一丝恰到好处的酸味。

"你应该吃得出来，"款待我的吴茂钊说，"我们这道菜有种'酱辣'风味，因为用了甜面酱和糍粑辣椒，所以成菜味道更纯，没有川菜那种复合味。"

川菜在全国甚至全球的流行，让成都版的宫保鸡丁抢尽了所有的风头，但贵州人却对自己的宫保鸡十分着迷。这道菜是黔菜"宫保大家族"中的一员，其中所有的菜都要加糍粑辣椒。在"吴宫保"黔菜馆，你还能吃到宫保肚片、宫保大虾球、宫保腰花、宫保猪肝、宫保土豆片和宫保米粉。

午饭后，吴茂钊和我翻阅了一些他收藏的老黔菜谱，聊了一下宫保鸡的前世今生。吴茂钊是个事业有成的厨师，四十多岁，壮实坚毅，短短的平头，头发根根分明，目光炯炯，手上总拿着一根点燃的香烟。我们初次见面，他就对这道菜进行了长篇大论的解说，热情洋溢、引经据典，还挥舞双手以示强调；之后，他还不断给我发微信，继续讲跟宫保鸡有关的事情，而且总在午夜之后发。

吴茂钊确信，宫保鸡真正的"祖先"是一道民间黔菜："辣子鸡"，一道淳朴实诚的烧菜，鸡块不去骨，加糍粑辣椒和甜面酱烹制。

他猜测，丁宝桢的私厨后来肯定对菜谱进行了改良，使其更符合高官显贵的餐桌。

"丁宝桢肯定是没有亲自做这道菜的，但和所有高官一样，他在全国各地去赴任的时候，私厨都是随时跟着的。"吴茂钊说。

"而且，虽然没有任何文字证据，但他的私厨肯定会在给他炒鸡的时候捶点儿糍粑辣椒，"他继续道，"所以我们应该可以假设这道菜最初的起源是贵州辣子鸡，后来因为丁宝桢很出名，才有了今天的名字。丁宝桢携带家眷和私厨去中国其他地方赴任，先去了山东，再到四川，可能吃了这道菜的不同版本，根据不同的环境有所调整。"

当然，在丁宝桢生活的时代，辣椒正在逐渐征服中国西南地区：最近出版了一本讲辣椒在中国发展历史的书，认为在丁宝桢出生前一个世纪，贵州人就在使用这种香料了。在丁宝桢四处奔波赴任的一生中，辣子鸡是否唤起了他对家乡味道的回忆？他的私厨们在试图取悦主人味蕾的同时，是否将这道菜进行了调和，用黄豆酱代替了糍粑辣椒，好适应济南客人们的口味？到了成都，他们是否又进行了川味的改造，在四川调味技术的影响下赋予其更多的活力？

可以肯定的是，丁宝桢在镇压贵州农民起义期间，无论吃了什么炒鸡肉，在当时都不可能被称为"宫保鸡丁"，因为他是在担任山东巡抚期间才得了"太子太保"的荣誉官衔，被尊为"丁宫保"。也许川菜"宫保鸡丁"的得名，也是在1937年李劼人的小说出版后，因为那本书让丁宝桢嗜吃鸡肉的故事流传甚广。

无论这道菜有何种历史渊源，丁宝桢这个名字如今已经与这种炒鸡肉菜肴的口味紧密联系在一起，再也不可分割。他是十九世纪末的著名官员，获得过很多成就，但他嗜吃的名声早已盖过其他美名。

在贵阳，我见到了丁迎春，他是丁宝桢的远房表亲，思维敏捷、善于表达，最近刚从建筑行业退休。他在城郊有个漂亮的小花园，我们坐在花园中的亭子里喝茶。之后，丁迎春带我去了他为丁宝桢建的小祠堂，并和兄弟一起，在这位祖先的画像前敬香磕头。

丁家后人对丁宝桢和他的鸡肉有一套独家说辞。他们说，"宝桢公"小时候救了一个掉进河里的小伙伴，对方的父母为了感谢他，就给他炒了个鸡吃——这在当时是非常奢侈的。成年后的丁宝桢无论想去哪里吃鸡都不会囊中羞涩，但他永远对童年时那道美味鸡肉念念不忘。

按照中国传统，人死后都要回故乡安葬，但丁宝桢与家乡早已隔绝。他得到皇上的特许，被埋葬在后来的移居地济南。今年六月，那里的建筑工人挖出了丁家的祖坟，那里在1953年被盗墓者洗劫一空。济南的一位丁家后人、丁宝桢的第六代孙，抓紧这个机会去抢救祖先的遗骨。丁家正在考虑如何处理这些祖先的遗迹。

在为丁宫保正名的努力之中，丁迎春无疑是个重要人物，他希望祖先的遗骨能够被送回故乡贵州。今年他开始在丁宝桢的出生地牛场镇修建一座纪念祠堂，计划能在明年宝桢公二百周年诞辰时按时完工。

同时，全世界最爱的菜式之一以祖先命名，他似乎注定要以这种方式永存，这也一直让丁家后人心满意足。

寻味朝鲜

（发表于《金融时报周末版》，2017 年 9 月刊）

从中国丹东市越过边境进入朝鲜，我很快就尝到了人生中第一口朝鲜食物。火车驶入新义州站，一群海关人员仔细检查了我们的各种证件和随身行李。坐在我对面的中国女人出生在朝鲜，现在是丹东平壤两头跑，她收到姐夫从一家新义州餐馆送来的一包食物。

火车离站了，她主动提出和我们分享美食。紫菜包饭绵软湿润，晾凉的米饭加了芝麻油，还点缀着小块的牛肉、鸡蛋、胡萝卜等零碎，再用紫菜包起来，非常美味。从新义州去平壤又用了五个小时，我们一路就吃着这些食物，看着眼前慢慢铺展开来的风景：早春时节，田野基本都光秃秃的，山上的树被砍光了，道路也很空旷。我们不时会瞥见巨大的政治招贴海报凌驾于乡村广场之上，还有钉在田野上红白相间的口号，两侧都有红旗飘扬。每栋公共建筑上都有已故领导人金日成和金正日的笑脸。

这是一年多以前的事情，离最近爆发的导弹危机还很远。

那天晚上，我和旅行团另外九个成员共进晚餐，地点在羊角岛酒店。这是一座高高的塔楼，散发着某种来势汹汹的险恶气息，茕茕孑立于大同江的羊角岛上。之前，我们已经将护照和根本接不通的手机上交给了导游；大家都有点烦躁，纷纷讲着无伤大雅的笑话来缓解紧张氛围。导游给我们严格的指示：不得使用楼梯，不得擅入酒店的各个场地

（停车场除外），不得在我们住的二十二楼以外的任何楼层走出电梯。短短几个星期前，一位美国学生试图从某个禁区偷取一条横幅，结果遭到拘留，在电视上泪流满面地认罪之后，就再也没人见过他。

换作平时，我不管旅行到哪里，在吃上都是入乡随俗，当地人吃什么我吃什么。我会和遇到的每个人讨论食物，探寻各种餐馆和市场，做大量的笔记。在朝鲜，这样的机会受到严重局限。

我们的旅程是经过上级部门批准的，高度警惕的导游随时形影不离。去寻访当地人家或在没人监视的情况下散散步？想都别想。

在朝鲜旅游，人总为一些小事担惊受怕：我担心甚至连有关食物的简单问题都可能触及敏感话题，而我通常在笔记本上写写画画的动作可能引起恐慌。所以，在多年的旅行生涯中，我第一次听话地遵循定好的套餐，吃下了他们给我的大部分食物，无论是隐喻意义上还是字面意义上。

当然，作为一个专门研究中国菜的厨师和美食作家，我很好奇套餐会是什么样子。但好奇心中又夹杂着良心上的不安：这个国家最近才遭受饥荒的蹂躏，食物供应仍然采取配给制度，国民穷苦贫困、营养不良；不知道在这样一个国家，像我这样心安理得地准备吃饭，可以吗？就在不久前的 2017 年 3 月，一份联合国报告估计，朝鲜有百分之二十的人口依然"没有粮食安全，且营养不良"。

在朝鲜，自由行是不可能的，所以我选了北京一家旅行社，参加了一个五天的旅行团，和一群素不相识的西方人一起旅行。但我参团的动机并不是纯粹的"自我放纵"。饮食文化始终都是政治、经济和社会变革的反映。我很想看看在这个国家，外国客人们会吃到什么样的食物。朝鲜不但遭受过饥荒，还曾被日本殖民统治，也是冷战冲突、内战和美国地毯式轰炸的受害者。那么在这里，还有什么饮食传统能留存下来呢？

那天在羊角岛的第一顿晚餐，按当地的标准来说肯定是很丰盛的，但看起来是平平无奇的国际化饮食，没有体现朝鲜人的爱国之心。我们吃了一份规规矩矩的土豆、黄瓜和紫包心菜做的沙拉；接着是上面放了煎蛋的绿豆煎饼（bindaetteaok）——这是唯一的当地特色。之后是煎鱼、烤鸡配土豆和腌小黄瓜、胡萝卜豌豆饭，还有鸡汤。我心想，如果这就能代表此行餐饮的风味，那想尝到真正的朝鲜之味是没什么希望了。吃完晚饭，我回到二十二楼的房间，打开窗户，眺望平壤的风景。江水在酒店所在的羊角岛边流过，形成一把大弓；远处可以看到"主体思想塔"，纪念金日成提出的"主体思想"，鼓励朝鲜人民自力更生，塔顶是闪闪发光的红色"火炬"。

第二天早上，我们的车驶离城市，去往锦绣山太阳宫参观。之后，我们到一家旅游餐厅吃饭。那里的餐食也比前一天晚上有趣。桌上有一些安全又标准的旅游食物（炸鸡、吃起来像塑料一样的法兰克福香肠和薯条），但也有此行的第一份泡菜（撒了辣椒的大片辣白菜）、朝鲜肉馅饺子、辣子炒鸭和炖芋头。有一盘挤了蛋黄酱装饰的面包屑肉卷，我猜这反映了冷战时期苏联的影响。我又在套餐之外为全团单点了几个特色菜：煎得金黄焦香、内里柔滑软和的豆腐，涂着厚厚的朝鲜辣椒酱；还有一些绿豆煎饼，每一个都夹了一片香喷喷的肥猪肉。这个餐馆里的其他客人也都是游客。

旅途就这样继续了下去。日复一日，我们被带到各个景点，它们的作用都是介绍朝鲜民主主义共和国的辉煌成就：国家马戏团、西海水闸、射击场、革命烈士陵园、朝韩边境的村庄板门店和非军事区。平壤地铁是个建筑设计奇迹，各个地铁站都装饰着大吊灯和社会主义写实风格的壁画，令人惊叹。平壤本身有着出人意料的吸引力，绿意盎然、树木成荫，基本没有车来车往，远眺尽是史诗般的景色，还有很多宏伟醒目的纪念碑。

如果是更真实的朝鲜体验（至少要走到优越的首都之外），可能会遇到定量配给的稀少大米，再加上红薯来显得不那么寒碜，也可能没有一点儿荤腥。而我们每一顿都吃得酒足饭饱。餐食的味道参差不齐，但量总是很大的。大量的米饭、猪肉、鸭肉和鸡肉都在传递着一个信息："此处无饥馁！"我们像恃宠而骄的小孩儿一样，吃着石锅拌饭和炒蛤蜊，喝着啤酒，在小火锅里自己煮吃的，而百依百顺的女服务员们则载歌载舞，还为男人们唱小曲儿。在一家烧烤店，我们利用桌下闪着微光的炭火余烬，烤着已经腌入味的鸭子和鱿鱼：香喷喷的肉，加了香料，抹了酱，包在生菜叶子里，实在是好吃极了。

　　餐食是为国家所用的一种文化外交形式。酒店的电梯里有小小的屏幕，放着噼里啪啦的烹饪视频，背景的喇叭音乐活泼愉快。沿着名为"统一"的高速公路去开城（Kaesong）的半路上，路边有个商店，在向闹哄哄的中国旅行团兜售当地特产，有著名的高丽参、干松花粉、野蜂蜜和可泡茶的干果。在平壤的外文书店，我还找到了双语烹饪手册，里面介绍了打糕、朝鲜泡菜、各种面条和平壤菜肴的做法。

　　我们也去了一些半私有的餐馆用餐，这样的餐馆自二十一世纪初以来间歇性地出现在平壤。我们还参观了现代化的光复百货公司，朝鲜的中产们在里面购物。他们推着购物车，穿过过道，经过进口亚洲商品、当地特产明太鱼干（平壤的一道美食）、朝鲜辣椒酱和烧酒，阻挡着外国游客的去路。

　　一天晚上，在朝鲜西海岸南浦的一家温泉酒店，我们吃完晚饭，聚集在一个水泥棚下，享用著名的火烤蛤蜊。唯一的光照来自我们的车头灯，而且周围寒风刺骨。一名当地人带来了几十个西海蛤蜊，放在圆形的混凝土平台上，密密地排成一排。排好之后，他站起来，从一个塑料瓶中倒出汽油，浇在蛤蜊上，朝着升起的烟雾点火。我们在周围瑟缩成一团，此时狂野而跳跃的火焰腾空而起，钻入我们的外套，抵御着寒风。火焰渐渐熄灭，蛤蜊也张了口，我在蛤蜊壳里倒了烧酒，尝了一两只。这些耐嚼的软体动物散发着煤烟和汽油的味道。

对我来说，此行最大的惊喜是南部的开城，古代高丽王国的首都，"朝鲜"（Korea）这个名字就源于此。我们参观了那里的高丽博物馆，那是联合国教科文组织认证的世界文化遗产地。这里曾经做过儒学馆，像一片凄美的历史绿洲，安静的老式建筑围绕着院子，两侧都种着银杏树，有举行婚礼的新人正在摆姿势拍照，新娘穿着朝鲜传统的粉色短衣长裙。

之后，我们被带到一家餐厅，享用朝鲜传统的皇家午宴。每个人面前都摆着十几个铜质盖碗。掀开盖子后，各种各样的精致菜肴映入眼帘：一片片的紫菜、小块炸鱼、锯齿状的橡子凉粉、肉菜乱炖、腌萝卜和红豆汤圆。有几个人还单点了这里的其他特色菜，比如被称为"甜肉锅"的狗肉汤。接着上烧酒和参鸡汤：一整只童子鸡，肚子里被塞上糯米、果干和一根著名的高丽参，放在用这只鸡熬出来的美味浓汤中。同一条街上还有十分破旧的住宅，住在那里的当地人也会到这里吃饭吗？可能不会吧。相对于当地人的收入，外出就餐的花费无异于天文数字。然而，这顿饭里蕴含着更为悠久的朝鲜历史，竟带给我一种奇异的感动。

回到平壤，我们被带到一家酒吧，在晚饭之前先来一杯。下午五点刚过，酒吧人满为患。三五成群的当地人（多数是男人）围站在高高的圆桌前，手拿大杯的黑麦大麦啤酒，是当地小型啤酒厂酿制的（朝鲜从日占时期就开始酿造啤酒了）。融入其中互相聊聊，这种行为是否得到许可，我们拿不定主意。

破冰的是我们团的一个美国人，他不顾自家政府直截了当的建议，还是跑来朝鲜旅游。此人聪明、亲和又善于交际，主动要和一个当地男人拼酒。没过多久，我、他，还有团里的一个导游就和这个朝鲜男人及其酒友们打得火热，谨慎而放松地"眉来眼去"，无声地开着玩笑。他们略带羞涩地与我们分享自己的小吃，教我们如何把明太鱼干撕成细条蘸辣椒面吃。这种场面既稀松平常（度假时在酒吧喝酒，与当地人闲聊），又充满颠覆感（去平壤的酒吧，与朝鲜人闲聊）。

平壤最著名的美食要数荞麦冷面。最后一天的安排让我很高兴，大家去了著名的"玉流馆"。它坐落在大同江畔，雄伟壮观、精致典雅，墙面刷得粉白，新传统主义风格的屋顶铺着绿瓦。有人领着我们走上宽大的木台阶，来到明亮的餐厅，几桌衣冠楚楚的当地人已经坐定吃午饭了。我早就听说过这家餐厅有很多当地的美味佳肴，但给到我们手里的配图菜单很短，上面看着最有趣的"鲟鱼软骨汤"，餐馆也表示不卖。但这些都没关系，因为我们是来吃冷面的。根据我了解的信息，冷面最好是中午吃。

冷面上桌了，卖相特别好，味道也是我从前尝所未尝的。我们面前摆着高脚铜碗，碗里盛着清澈的肉汤，里面堆着透明光泽的细面。面是由荞麦及其他淀粉制成的，配上齐齐整整切成细丝的朝鲜泡菜、亚洲梨、黄瓜、熟牛肉、鸡肉和猪肉。我听从一位导游的建议，吃之前往碗里加了少许米醋。面条凉爽，叫人回味，在唇齿之间缠绵筋道：我仿佛在品味一首诗。

离开朝鲜和来朝鲜一样，都是坐火车。我用外汇换来一场离奇梦幻又担惊受怕的探险。我很合作，按照要求在特定时间表现得崇敬尊重，也不提叫人尴尬的问题。抛开一切的立场道德，我是被这种独特经历的乐趣引诱而来的。但我还是和几个朝鲜人分享了明太鱼干，开了并未说出口的玩笑，与随队导游进行了友好交流，带着对这个国家更深切的兴趣离开。现在的我，看到有关朝鲜的新闻时，目光更为关切了。

说到饮食，和旅途开始时相比，我仍然对朝鲜老百姓的日常饮食一无所知。但我感觉自己多少了解了一些朝鲜的饮食文化，品尝到的菜肴代表了一种共同的特性，跨越了重兵把守的边境和非军事区。在朝鲜的土地上，我吃了石锅拌饭、绿豆煎饼、要用到十几只黄铜碗的皇家盛宴、狗肉锅、参鸡汤，还有最特别的平壤冷面。这趟旅程中的菜肴显然拥有穿越时光的悠长生命力。

译 后 记

寻味东西，正南齐北

扶霞一年有至少一半时间都在中国。

不仅在她的"第二故乡"成都，还天南地北地跑，去观察研究中餐各菜系的最新发展（一言以蔽之：到处吃饭）。有时候恰巧我也在同一地，两个"吃货"就自然地约个饭，对每个菜品一本正经地点评一番，或者埋头饱餐一顿。如果遇到她长居成都，我们更是隔三差五地约早中晚饭，分别的时候我总嘱咐她："你多写哦，写完我来翻。"

最近两年她来不了，我外出就餐时少了这个饭友，挺不习惯的。饭友好找，扶霞难得。不仅因为她比我更了解从成都到全国"自上而下"的各类馆子，"卡卡角角"（四川话念"ka ka guo guo"，"犄角旮旯"的意思）的地方她都记在小本子上，根本不用求助于点评网站。还有跟她吃饭特别单纯：吃的是美食，聊的也是。译她的书，看她的文章，跟她线下线上地聊，我自以为很了解她了，竟然每次吃饭还是能听到她发表关于美食的新见解，和一些我第一次听到的有趣故事——很久以前的，刚刚发生的——她总在经历，也总在表达。

还有专属于我们的一些默契。比如一起吃火锅，点菜时我们会不约而同地第一个喊出"鸭肠！"；餐桌上有腐乳，我们会相视一笑说"Say cheese!"（我们总觉得腐乳和奶酪是相隔异国的"姐妹"）。吃一筷子油渣莲白，我们会前后脚地说："这油渣不够脆。"一盘菜上桌，我们尝一筷子，然后抬头，说出提味的关键是味精还是高汤……她说我们是"国际辣妹子联盟"的盟友，我觉得她笑起来唇角就像包得特别漂亮的虾饺边。能这样吃饭，是"吃货"的人生乐事之一，毕竟每一餐饭对于我们来说都相当重要。饭友投契与否，其重要性不啻长途旅行中的同伴。

这样的饭友如今和我远隔重洋，我很想念她。

好在，人离得远，文字却在身边。翻译这本《寻味东西》，就像和扶霞在满世界地吃饭旅行。从前向人推荐扶霞作品的中文版，我总要回答一个问题：为什么中国人需要看一个英国人写的中国美食？这本文集则不需要。原来美食江湖上的这位女侠，不仅浪迹华夏大地，还撒开了在整个地球飞来飞去。"我来，我看，我征服"，在她这儿是"我看，我吃，我写下"。

文集里的每个篇章都为我开启了一扇新世界的大门，从美食写到情感、历史、文化……万事万物，古今中外，各种精彩的故事与见解，各位已经看过，在此我不必赘述。只说翻译这本书的过程，也和《鱼翅与花椒》一样，开心又过瘾：我总是兴奋地发其中节选的段落给朋友，比如她从考古挖掘出的残迹中品尝到数千年以前的藏红花，实在是太浪漫了……我翻译完就迫不及待地把这个故事复述给朋友，我俩一致觉得这整件事情就像一首带着烟火味的宏大史诗，光想想就值得在星空下来上一舞。

川蜀之地有句方言叫"正南齐北"，大致意思是"严肃认真，不开玩笑"。比如，"正南齐北地说，何雨珈是个大美女。"扶霞寻味东西的旅程，乐趣多多，也"正南齐北"。她饱含赤子般的好奇、天真与浪漫，美食家对人间烟火的热爱，研究者深入田野又刻读资料的严谨执着，以及一个可爱人类的亲切与美好。她拥有在中西文化的海洋中寻找交融之处的有利位置与高超水性，也有在文化差异的壁垒之间碰撞的勇气。抛开我对她的友爱来客观评价，我并不觉得她在哪一个方面做到了顶尖，但种种特质综合起来，扶霞是中外美食界绝无仅有的奇女子，至少在我心里是这样。尤其当物理上的移动空间受到限制时，最要感谢她的文字，让我的心神游遍五湖四海世界，上下沉浮千年；如她所愿，这些文字成为我奉为珍馐的精神食粮。

其实，这两年扶霞比我更不习惯。她在伦敦的公寓厨房里供着灶王爷，放着各种中餐美食书，有万般齐备的中餐烹饪用具，家附近的中国超市也很容易买到中餐食材，几乎每天都做中餐吃。就这样，她还是总跟我抱怨："从二十多岁以后，我就从来没有离开中国这么长时间！""我的中文缺乏练习，都说得不好了！""再不来中国我都要疯了！"

而我这个损友就比较"缺德"一点，用以回应的，总是几张最近下馆子的美食照片，聊解这位"英国人，中国魂"的遥远乡愁，也引来更疯狂的回复："你怎么这样！我好嫉妒你！"

这两年，承蒙读者厚爱，常遇到有人当面称赞《鱼翅与花椒》翻译得很好，我总会解释："是原文就写得特别好，我只是鹦鹉学舌，恰巧学到了很动听的声音。"这不是谦虚，是"正南齐北"的真心话。算上这一本，我已经翻译过扶霞的四本作品了：两本饮食文化札记，另外两本算是以菜谱为主的地方饮食百科。在翻译每一本的过程中，我们都保持着密切的联系，有时候会一起商量如何将一段文字以更适宜恰切的方式呈现给中国读者。以我有限的认知，这绝对是很难得的翻译经历，于自己微茫的译事生涯，更是大幸。

唯有祈愿以后能多一点这样的幸运。这是督促扶霞继续写下去的意思，你写完，我来翻，正南齐北的！

何雨珈

2021 年冬

Fuchsia Dunlop
COLLECTED ESSAYS
Copyright © Fuchsia Dunlop, 2022
This edition arranged with ROGERS, COLERIDGE & WHITE (RGW) through Big Apple Agency, Inc.,
Labuan，Malaysia.
Simplified Chinese edition copyright：2022 SHANGHAI TRANSLATION PUBLISHING HOUSE (STPH)
All rights reserved.

图字：09 - 2021 - 159 号

图书在版编目（CIP）数据

寻味东西：扶霞美食随笔集／（英）扶霞·邓洛普
(Fuchsia Dunlop) 著；何雨珈译. —上海：上海译文
出版社，2022.4
　　书名原文：Collected Essays
　　ISBN　978 - 7 - 5327 - 8956 - 6

　　Ⅰ.①寻… Ⅱ.①扶… ②何… Ⅲ.①随笔—作品集
—英国—现代 Ⅳ.①I561.65

　　中国版本图书馆 CIP 数据核字（2022）第 032927 号

寻味东西

[英] 扶霞·邓洛普　著　　何雨珈　译
策划/张吉人　责任编辑/范炜炜　装帧设计/邵旻　观止堂＿未氓

上海译文出版社有限公司出版、发行
网址：www. yiwen. com. cn
201101　上海市闵行区号景路 159 弄 B 座
启东市人民印刷有限公司印刷

开本 890×1240　1/32　印张 5.75　插页 2　字数 108，000
2022 年 4 月第 1 版　2022 年 4 月第 1 次印刷
印数：00，001—50，000 册

ISBN 978 - 7 - 5327 - 8956 - 6/I · 5556
定价：48.00 元

本书中文简体字专有出版权归本社独家所有，非经本社同意不得连载、摘编或复制
如有质量问题，请与承印厂质量科联系。T: 0513 - 83349365